大概是時間在煮我吧

張西 著

CONTENTS

作者序／輕飄飄的白煙能夠去到更遠的地方 14

輯一——說出來 我才會 擁有 形狀

這裡沒有春天 20
種在遠方的傷在身體裡結了果 24
平靜到平衡 26
它們一樣重要 28
它還是我嗎 30
框架 32
適當的恐懼 33
我曾經害怕咖啡冷卻 34
關於自由 36
沒有橋的時候就是戲水的時候 38

洋子有一盒對的巧克力 40
指認 44
選擇題 46
大概是時間在煮我吧 50
美和子 52
知識不等於內涵呀 56
想要所有缺口都是窗口 60
暗處 61
傳奇 62
點心 64
三思 一 68
北風和太陽的不同 70
只要沒有含含糊糊地長大 72
兩個小困惑 74

去看看山吧 77
偶然 78
三思 二 82
大雨 84
我的脆弱是如此普通 86
我願意 92
喃喃 一 94
張惠妹演唱會小記（遲了八年） 98
喃喃 二 102
辨 107
那一顆豌豆沒有變得可愛 108
取捨之間 112
湖 114
中心 118

栗子蛋糕 120
Lemon Tree 122
包裝 124
微痛的 126
防疫小雜記 130
無用的甜與曾經重要的事 132
暗處與凹折 136
圀圄是昨日 138
霧霧的人呀 140
每一天都在抵達 142
如實 144

輯二——

如果你也和我一樣喜歡貓

果丁 148
蕨類與變色龍 150
也不一定是愛 151
迷糊的我啊 152
如果你也和我一樣喜歡貓 154
無料甜湯 156
不同於青春的情話 158
學姊的祕密 162
一顆酸糖果而已 168
這普通的一生 170
落成 172
未開的口 174
生活與遺忘 176
大膽又曖昧 180

傷口結的果 182
颱風夜 184
獨立有時候更親密 188
見學姊小記 190
你也是這樣嗎 194
錯過 197
你不需要說太多的話 198
牢不可破 200
路上小心 206
愛把你的毛孔打開了 210
獻 215
巷子 216
同 220
生生不息 221

輯三——

跟你分享一片我剛烤好的餅乾

陽光燦爛的日子裡 224
有些尊重既優雅又殘忍 226
謝謝妳問我 228
同伴 234
關於自在 237
年節小記 238
看起來沒事的模樣 244
與我無關但仍將我擄獲的 246
被扭傷的美麗 248
不要藏 251
樓上的鋼琴聲 252
我不會去談你的惡 255
敦南誠品 256
註定 260

關於疏離 二 262
跟你分享一片我剛烤好的餅乾 264
慈悲 266
我會記得你曾是怎樣的少年 268
沒有遇上也無須可惜 270
下次再一起吃火鍋 272
燈 274
我們不能 278
寂寞是人的課題，不是神的 280
針 283
好少好少 284
各自安好 286
我想要我們都自由 292
願景 294

特別收錄——

互動創作

三個關鍵字・一個故事

時間/鯨魚/大樹 298
陽光/是你/祕密 299
遊戲/慈悲/憂鬱 300
想你/電影院/曖昧 301
地板/青草茶/衛生紙 302
愛戀/遙遠/長大 304
楓葉/烤肉/秋刀魚 305
牽手/擁抱/散步 306
晨間的霧氣/伯爵鮮奶茶/躲雨 307
迷迭香/思念/愁 308
信/脆弱/念舊 309
過敏/針織衫/想家 310
烏龜/吹風機/燈泡 311
蔚藍/石頭/死去 312

特別收錄——Story

塵埃／懸崖／薄荷 313
走路／忘記／對話（悲傷） 314
魚／太陽／葉子（遺憾） 315
沙漠／神祕的智者／鳥（怪奇） 316
畫家的一天 320

輕飄飄的白煙能夠去到更遠的地方

／

年末時協助母親重新裝潢整理她的居家環境。她的房子裡有一架非常大且重的黑色鋼琴，鋪地板的師傅要好幾個人一起才能搬動，師傅說可能有兩三百公斤，我自己也推不太動。這架鋼琴從我有記憶以來就存在著，童年的週末午後，母親會彈很久的鋼琴或吉他，這些樂器都是她的寶貝。後來隨著孩子成長離家、狀態的生變，母親的黑色鋼琴變成一個巨大的置物架，家裡已經很久沒有鋼琴聲。

處理要汰換的舊物時，妹妹問我，這鋼琴還要嗎，感覺已經不能用了。我說，這個問題，永遠不可以問母親，無論如何，鋼琴都要留下來。妹妹問，這架鋼琴是從哪裡來的。是外公送給母親的，我說。

母親是家裡的第四個孩子，為了幫忙家裡生意，外公外婆生了六個孩子，前兩個大女兒和後兩個小女兒，總是能拿到新東西，玩具、衣服等等。

母親和三姊拿到的幾乎都是姊姊們用過的。剛成年的母親想要學音樂，外婆覺得太花錢，跟外公吵了一架，外公說，我女兒想要學什麼，只要她不傷害別人不傷害自己，我都會支持她。外公於是花了一大筆錢買了一台上好的鋼琴給母親，那幾乎是母親第一次拿到全新的、只屬於自己的東西。所以無論這台鋼琴看起來多老舊，在母親眼裡永遠都是新的，我跟妹妹說。

外公外婆已經去世十多年，母親的人生在這十幾年間也有無數起伏，這個故事是很小的時候母親告訴我的，細節大多都已經忘記，憑著記憶拼拼湊湊，才湊出了一點點對往事的尊重。因為小時候聽不懂，只聽進情節，長大後才聽見裡面藏有的情感，這正是時間的餽贈——能活得仍有點尖銳但安心，是因為活得有感情。

在想著要為新書寫序時，試了好幾個方向，寫起來卻都不順手，就想著，不如一如往常寫寫最近發生什麼。近幾年花很多時間和生活磨合，學習開伙、打掃、分類雜物、規劃時間，在某次煮湯的時候看著頻頻冒出的白煙，忍不住寫下：大概是時間在煮我吧，想要把我煮得成熟，我卻只想做那一縷白煙，想要能夠輕易地逃出它的掌握。因為不確定最後的味道會不會是自己想要的。現在倒不再那麼多慮。

和母親討論後，將她的鋼琴放在客廳原電視牆的位置，母親使用電視的頻率低了，花越來越多時間懷念，和還在拚命面向世界、向世界抓取養分的我截然不同，這是她這個階段的人生面貌，而我有我的。時間把我們煮成不同的人，也將我們的情感煮出，使彼此永遠有著連結。所以才無須多慮。就算有些東西重得挪不動，還好也不是每一件事情過去了就要放下，那些沒有放下的，就變成了生活。

時序匆匆，在這樣的生活裡忙成一團毛球，然後在小小的夾縫中書寫，透過文字把自己重新織成一件件衣裳，掛成時而守舊時而剪裁新穎的模樣，日子就在發皺、熨燙、破洞、縫補的過程中，來到了我的第八本書，也是我進入出版學院的第六年。回望常態性出版的散文書名從《把你的名字曬一曬》、《你走慢了我的時間》、《我還是會繼續釀梅子酒》到這一本《大概是時間在煮我吧》，從以往的日常延續，這是二〇一九年到二〇二一年的我，意識到自己逐漸敢於內觀，我想這是書寫給我的禮物。

所以無論走到何處都仍想要感謝，謝謝我的讀者、我的家人朋友、我的貓咪，謝謝我的出版團隊三采文化、我的編輯微宣、我的行銷姊姊小單、我親愛的經紀人Spring，謝謝你們讓一次次內觀的凶險獲得安全，謝謝你們讓張西這兩個字一次次反過來鼓勵著最初那個只是愛寫日記的小女生。

我還有好多想說的話、想去的地方，還有好多沒有完成、沒有體會過的事情，生命的待辦清單還好長好長，但是謝謝這一切，謝謝天地和人間種種，讓我繼續往前的時候，每一天都像正在路上，每一天也都像是抵達。

最後，引用我很喜歡的電影《寂寞公路》裡的台詞做收尾：「一個作者最富有的地方，在於他和一個普通人一模一樣。」謝謝時間把我煮成一個仍會徬徨害怕、仍有所憾恨和幸福的普通人，謝謝時間把我煮成此刻我們眼前的張西。生命中的輕重開始並存，而輕飄飄的白煙能夠去到更遠的地方，我已經期待下一次要說的故事了。

（但還是請讀者們先把這次的故事看完！）（謝謝！）

二〇二一・十二・二十八　張西

輯一

說出來
我才會
擁有形狀

我們永遠也摸不清楚世界的紋路，
但被河水浸濕的褲管會乾，
雙腳可以在任何一處逗留。

這裡沒有春天

昨晚做了一個夢。

一條好看的街，面西，所以看得到日落。有一些日常店家，麵店、便當店等等，街口第一間一樓是住戶，二樓是服飾店。我重複來到這條街，慣性地吃某一間麵店，慣性地在離開前到二樓的服飾店逛逛。夢裡還有腳踏車、公車，跟一位現實生活中沒有看過的朋友，他總是陪我來這條街。某天他說他有自己想逛的地方，我說我可以陪你。他說，不，他想一個人去逛。我說好。我們約好傍晚在街口會合，他沒有出現，只是打了通電話跟我說，妳先回去吧。我拎著剛買到的東西失落地想，不能和他分享了，然後獨自騎著腳踏車離開。

我想到小時候的週末午後，母親放的整片校園民歌 CD 中，有一首歌叫做〈拜訪春天〉，最後一段歌詞是：

今年我又來到你門前
你只是用溫柔烏黑的眼
輕輕地說聲抱歉
這一個時節沒有春天

小時候一直很好奇，不是每年都會有春天嗎，為什麼突然某一年，那個人就說沒有春天了。歌詞中沒有寫他們發生了什麼，但能感受到走到另一個人門前的那個人，心裡的失落。和這個夢一樣。

有時候和某個人漸行漸遠，恐怕也沒有確切原因，沒有人做錯事，沒有誰負了誰，自己卻總會想要在這之中找到一個答案，彷彿找到了答案，曾經就有機會避免這樣的逝去。聽歌的時候是這樣，做夢的時候也是這樣，但不同以往，並未想要繼續探究，大概是怕，若真的存在某一個原因，那個原因會再一次讓自己感到受傷。

黃昏、腳踏車。我記得那個朋友喜歡隨手把墨鏡往頭上一推，他說夕陽不刺眼，值得凝視，只可惜短暫。

〈拜訪春天〉一曲收錄於施孝榮於滾石公司發行的《重逢施孝榮・民歌精選輯》中；作詞人為林健助。

最近獨自走在街上時會有一種錯覺，
好像有另外一個我正在看著我，是未來的我，
她希望記下現在的各種感受，
因為知道會變的，
雖然其實，生命的寬廣不應該讓我們
拘泥於某一段狹窄的時間。

種在遠方的傷在身體裡結了果

最近下載了監測睡眠的手機軟體，入睡前也將手機調成飛航模式。起初有些壓力，越刻意想要在手機軟體面前睡得安穩，越容易失眠。於是我索性關掉三天，又打開。如果不一定要睡得很好呢，也沒關係吧，單純看一看自己睡得若是不好，有多不好，帶著這樣的心思，我慢慢習慣開著睡眠監測系統。

是對自己的被動與主動。在能掌握的範疇裡，希望自己盡量主動做到最好，可是生命裡的每時每刻對自己而言並非都有主動性，睡眠是被動的，當下我無法掌握，而它又是主動的，起床的時間、活動的強度、是否有耗費心神、身體是否微恙都決定了睡眠的品質。身體像是被放置在時間的中心，一天的一切都在這裡獲得反應。

於是我開始有意識地盡可能在同一個時間起床、同一個時間入睡、同一個時間進食三餐。幾週前上體育課的時候，教練說：「妳其實很了解自己的身體，而且知道要怎麼使用它，妳和妳的身體很親密，這樣很棒。」是嗎，我那時候滿臉都是汗，動作簡直要堅持不下去。身體是具象化的生活樣貌吧，我避開的，以為沒有人知道的，身體知道，並且會給予反應。

接著又要打開睡眠監測軟體了，小時候沒有這些東西，只能憑印象回想昨晚睡得好不好、早上起床累不累。有時候也偷偷地想，要是有一天能夠有幫我記下夢境的科技就好了，就不用承受起床時若有似無的模糊感受和畫面，不過想想又覺得，還是別讓機器與數據進入我的夢境吧，私密空間裡的魔幻禁不起也不需要分析。不需要二十四小時都那麼清醒。

近幾日很享受被動地觀察自己，享受愛惜自己醒著的時候，睡著時則讓身體自由地說它想說的話，就算我忘記了，也一定會聽到。

平靜到平衡

前幾天接受採訪時，接洽的女孩對我說，我以為妳是一個很有氣勢的人。氣勢？我皺了皺眉頭，很少有人會這樣形容我。為什麼是氣勢，我問。妳寫的文章感覺都很有氣勢啊，她說，就是如果妳相信一件事情，妳就會很肯定，妳的文字裡幾乎都看得到那種肯定。我心想，這是自信過頭吧。

「相信」在某些時候是尖銳的。類似立場，什麼樣的立場都難以柔軟，因為與其相對的人總會感到強硬。我想到求學歷程中也曾被許多同學朋友這樣形容——妳總有一股莫名的自信，有時候甚至會讓人覺得強勢。越長大，這樣的形容倒是越少出現了。那麼柔軟的我又是從哪裡長出來的，現在又去了哪裡呢，是不見了，還是懂得找到適合出現的時機。

這大概是自己那麼喜歡太陽神阿波羅的原因，強硬要節制、柔軟也要節制，不是熄滅，而是取得平衡。平衡啊平衡，比起前幾年渴望的平靜，現在更渴望在看見這個世界越來越多面向時，能快速地掌握自己的中心，不需要跑得太快，必要時，能將腳步站穩。就像昨天體育課時，教練將槓鈴重量從十五公斤加到二十五公斤的時候，她說，站穩腳步做十二下，比搖搖晃晃地做十五下還要重要。

儘管模樣不斷改變，活下去的心意仍然一致，也許比自己想像的還要討厭這個世界，也比自己想像的還要愛這個世界。

它們一樣重要

當被問到短期計畫的時候，突然間沒有以前一旦說出「我想要做什麼」就能夠萌生的自信。一開始全篇寫到最後用最多的詞彙是「機會」，發現後就改掉。把「我希望有機會」改成了「我想要」。從前不願意仰賴機會，因為不願意把自己的成就感、滿足感、踏實感建立在別人伸出的雙手之中，所以堅信，想要做的事，沒有別人的幫助，我也做得到。

而當真的在機會中看見不斷成長的自己，又在自己的進步裡看見了別人的影子，便不得不感謝機會，不得不對冥冥之中，那些時運、那些眼睛看不見的無法解釋的種種聯結，產生敬畏。只是一不小心，在這樣的時候偶爾會誤會一切都有所註定、都需要誠心地渴求甚至乞討機會的發生。事實是它們一樣重要——自己的信心和外面的世界。

這些年做了很多的夢，脆弱的時候覺得太多，自負的時候又覺得太少。矛盾呀。矛盾還是繼續做著夢。好像失去半夢半醒的瞬間，就會找不到換氣的方法。所以會一直喜歡下去，揮霍時間，但又不覺得浪費。

今天早上起床的時候於是想著，終於度過了，終於紛亂又緊張的心緒再也不會因你或你或你而起。這一次要手腳冰冷地捧著熱咖啡，要讓落葉散落在肩膀，要走過險惡的面孔，要認出哪裡有誠懇的眼睛。

它還是我嗎

面對某些生命中微小的節點，偶爾會覺得自己對於衝擊表現得太木訥，習慣把反動留在心裡，等到負荷過重時，才發現那微小的節點並不微小。

有一扇高牆的感覺。在記憶面前，如果我是離開了原來的蛹的蝴蝶，那麼再飛回來的時候，當蛹裡面有了其他的微生物或灰塵，它還是我的蛹嗎；當我不再需要它的時候，它還是我的嗎。

所有後悔都是苦的，
像一滴苦水流進喉嚨，
接著滲透所有器官。
隔著一層皮膚，那是陽光照不到的角落，
在自己的皮囊下，被浸濕的地方，
真心的笑在那一刻長不出來。

框架

他們問我，我認為什麼是框架。

我說：「無法讓新的事物靠近自己，無法保持彈性。」

他們面面相覷。我問，怎麼了嗎。他們說，從來沒有聽過這個答案，訪問過好幾個受訪者，大多數的回答都是「離開自己的舒適圈」。

啊，我露出原來如此的表情，我竟然沒有想到這個答案。一個是偏向我要去突破某件事，一個是偏向隨遇而安但並非消極面對，打開心胸這件事永遠需要由自己主動開始。原來我已經改變了。

適當的恐懼

發現最怕的是因為太聰明、太懂得隱藏壞心地而沾沾自喜的人。以前寫過，我覺得無知是，空洞的心卻填不了新意。那天他說：「我不怕無知，我怕有一天我會把我所有的聰明拿去包裝我身上的惡意。」噢，那時候的我一聽完就馬上擁抱了他，我說，不會的，你不會的。

事實上我壓根不確定他會不會成為那樣的人，我只是想要安撫他當時顯露出的恐懼。現在想來，當我們的心裡對自己懷有一份適當的恐懼，也許是好的，在岔路處，恐懼會變成警惕和叮嚀。如果他仍有質疑，就表示他並未走上那條路吧。

盲點有時候是善良，有時候是聰明，如果想要把自己種成鮮豔的花朵，就要守住那些還能發芽的種子——那些死去的，有著陽光和雨水也救不回來了。

我曾經害怕咖啡冷卻

前幾天看到一個廣告，很貼合自己的需求，說是能將杯子裡的水或飲料固定在某一個溫度，類似保溫杯，甚至能回溫。仔細看了許久，幾乎就要下單，但因為一些瑣事便擱置在一旁。後來想起，也沒去買，說不準之後還是會去買，只是先升起一絲困惑。

那是科技產物。在那些台灣還很冷的冬天，小學的時候嗎，起床雙手雙腳會持續冰冷兩三個月的那種冬天裡，我喜歡大口喝熱水、熱湯、熱牛奶，因為我害怕它冷掉，我得在一定的時間內讓它暖足我的身體。現在冬天的模樣變了，偶爾天冷時還是會去找很熱的飲品來喝，有時候會想起那份小小的對溫度流逝的擔心，會記得有些習慣是因為那份擔心而起。

不知道以後的世界會變得怎麼樣，會不會不再能夠和後代分享，什麼是咖啡冷掉的感覺。科技滿足人也改變人。我好困惑啊，當我是這麼渺小的被需求和慾望給控制的人類時。不是想批評新穎時代的種種，也沒有想大篇幅談論科技的變遷，我想我無權過度論述，畢竟沒有最好的時代，所有時代都有其優劣，都是人類相殘或合作、主觀感受的結果。只是想寫下這份困惑，畢竟我真的滿想買的（笑）。

在世界還沒有更快地改變以前，我曾經害怕咖啡冷卻，也許以後都不需要大口喝什麼，都能優雅入口。這微不足道的煩惱，表示這個時代存在過。

關於自由

常聽到，自由不是想做什麼就做什麼，而是不想做什麼就不做什麼，我一直沒有完全認同，也說不上來原因。今天回家的路上忽然想通，我心目中的自由，不是想做什麼就做什麼，也不是不想做什麼就不做什麼，而是有權利自己分配，什麼時候做想做的事、什麼時候做不想做的事。所有位置、職業、角色都有相對應的煩惱，喜歡的事情裡也必然會包含做起來不舒服、不太想做的事，能夠分配它們，就是我現在所認識到、所嚮往的自由。以後也許會變，但現在願意為此努力。

毫無雜念地往前，
才知道負重的行李裡面裝的是什麼。
雜念或初心，你自己才知道。
有些絆住自己的事物，其實並不重要。

沒有橋 的時候 就是 戲水 的時候

他說他會在某些場合明顯感覺到自己是大家的焦點，有些場合則格格不入。我只是他們的背景，他沮喪的口吻說著，明明那是我那麼想要融入的一群人。

我相信人有氣場，有時候也許是氣場的不相容，有時候則是把自己放錯了規則，我在電話這頭淡淡地說，我們啊，不可能在所有的規則裡都游刃有餘，某些人身上有我們喜歡的模樣，若無法靠近，不代表你不擁有自己喜歡的那些特質。尋找相似價值觀的同伴時，也在建立自己的規則，沒有人的規則會完全一致。

雖然有一點像「每個人都是獨一無二的」，但我再也不能用「你是獨一無二的」去給予安慰——因為你的獨一無二很有可能被主流所傷，你沒有惡意，主流也沒有惡意，可是主流也是一種規則，而不同人群裡有不同的多數，不同的主流，那些沒有（或是無法）和所謂主流相互整齊貼合的部分，往往變成自己的缺，這是多麼大的誤會，可惜我們不可避免會被這樣的誤會所扎刺，並且難以忽視這份傷害。

我也是，心裡難免會有一個聲音：我才不要當那樣的人。像是電影《她們》裡的喬，懷著「為什麼女人就不能如何如何」的抵抗時，那份對「順從、認為理所當然、甚至是享受刻板印象」的不苟同，不知道在什麼時候，也變成其中一份生命裡有感的辛苦。

但是如果願意承受，知道自己想要擁有的關係必然會包含著一份辛苦，我就不會將它看作是負面的事。當然，也許二十歲、三十歲的我願意承受，但哪天我五十歲、六十歲，累了，不願意承受了，也有可能。這說不準，也許哪天我的規則會被自己全部打散，因為它替我設立了城牆，也禁錮了我。在自己與世界之間，那一座連接兩造微妙的橋，到底該要長要短、要寬要窄、該要有多少機關、要在那一路上種什麼樣的花、植什麼樣的樹，一土一寸，都是課題。只是偶爾不想走的時候，就會忘了，沒有橋的時候就是戲水的時候。我們永遠也摸不清楚世界的紋路，但被河水浸濕的褲管會乾，雙腳可以在任何一處逗留。

洋子有一盒對的巧克力

洋子有一盒巧克力，放在精緻漂亮的巧克力盒裡，裡面有各種口味，牛奶濃度很高的、牛奶濃度比較少的、黑巧克力、白巧克力，甚至是紅寶石巧克力，有的有加榛果或杏仁，有的是加小顆的碎花生粒，而有的裡面包著水果。

洋子生活的小鎮上，每個人每天都會至少發出去一件自己擁有的東西，每個人都笑得很快樂，至少洋子感覺起來，大家都在交換、分享、接收、形成屬於自己的生活圈。於是洋子也開始學著將自己的巧克力發出去。

當她遇到一個西裝筆挺的上班族時，她給他一顆榛果巧克力，可是上班族不喜歡，只是快步經過洋子；當洋子遇到一個帶著小西瓜帽的小女孩時，她給小女孩一顆牛奶巧克力，可是小女孩不喜歡，她把洋子的巧克力丟在地上；當洋子遇到一個走路一跛一跛的老人時，她給了老人一顆黑巧克力，可是老人也不喜歡，老人揮了揮手跟他說，妳走吧；後來洋子遇到穿復古襯衫的漂亮女人，漂亮女人紅色的唇很好看，洋子給她一顆紅寶石巧克力，可是女人還是不喜歡，女人說，巧克力不能是甜的，妳送別人吧。

巧克力不能是甜的嗎。洋子並不氣餒，她將女人的提醒記住了。

接著洋子遇到一個帶著嬰兒的母親，她將黑巧克力送給這位母親，這位母親皺著眉頭說，這麼苦的生活怎麼過得下去，看來這位母親還是不喜歡洋子的巧克力；在這之後，洋子遇見了一對戀人，她把牛奶濃度比較少的巧克力送給這對戀人，戀人說，不夠甜是不行的。洋子很納悶，巧克力應該要是甜的還是苦的呢。

洋子的巧克力剩下的不多了。她開始有點氣餒，開始有點不想要繼續送巧克力了。也可以待在家裡呀。只是當待在家裡，從房間的窗戶看見小鎮的人群，看著人們彼此交換自己擁有的東西。噢，洋子也有收到一些小禮物，都算是她喜歡或是可以接受的，大家都好會送東西。洋子嘆了一口氣。

洋子決定再試一次。這次她遇到了一個一直哭泣的女孩，她不知道女孩發生了什麼事，她決定送女孩一顆裡面包著水果的黑巧克力，有點甜又有點苦，女孩應該會喜歡吧。女孩邊哭邊吃下了洋子遞給她的巧克力，然後擁抱了洋子。謝謝妳，女孩說，這正是我需要的東西。洋子又驚又喜，原來，這才是對的巧克力。

洋子快樂地回到家，打開她的巧克力盒，她看著原本放著水果巧克力的位置，雖然空了，但是她的心好飽滿。洋子做了一個決定。她上街去買了和那顆巧克力裡面包的一模一樣的水果，然後回家製作了無數顆一模一樣味道的巧克力，裡面都包著那個水果。

她將一模一樣口味巧克力放到巧克力盒裡。隔天開始，洋子只發出這個口味的巧克力。無論對方喜不喜歡，她都相信那是對的巧克力，對方如果不喜歡，一定是對方不懂得欣賞。

洋子有一盒巧克力，放在精緻漂亮的巧克力盒裡，裡面只有一種口味，但她並不在意。她相信這是一盒對的巧克力。

我想要的是在渴望他人的愛時，
自己也能生產愛。

指認

和他聊到關於死亡的故事，想起多年前看楊絳寫的《我們仨》：「我至今還記得當時的悲苦。但我沒有意識到，悲苦能任情哭啼，還有鍾書百般勸慰，我那時候是多麼幸福。」

人的消失給予生者的多數是無常與珍惜的強烈反省，在楊絳筆下，那裡還有一份幸福。當時看這本書沒有忍住落了淚，晚餐後又拿起來翻翻，仍然熱淚盈眶。死亡原來最靠近悲傷，也最靠近幸福，因為知道再也沒有了，因為那個「再也沒有了」的念頭，像鏡子一樣，映出了曾經是那樣地擁有過。

心沉沉地，傳了一些簡單的關心給母親，同時想起母親生病的那幾年。我的人生，還那麼淺薄，還可以站成正要開始的姿態向未來彎下腰，鞠躬邀請、歡迎它的靠近，死亡彷彿還在遙遠的地方、不在我的邀請名單內。可是誰知道呢，永遠會繼續有名人離世、親友離世，時間的更迭在人間顯影，一個時代一個時代，我們於是從情感中浮出，對時間進行指認，愛是你給我的，悲傷也是你給我的，快樂也是，豐厚又同時乾癟的生命也是。我們到底會指認出什麼，誰知道呢。

希望自己在那之前，透過前人的指認，對著生活中許多當下感受到的情緒、情感進行連結，像做一個預備，儘管對著還沒有走過的路喊出來的感悟都只是循著前人眼睛畫出的外殼，但當那一天來臨，我將以我的靈魂穿上它們。

如果漫長的一生在想念的時候也變得短促了，那麼此生的所有掙扎與愛慾都只是一瞬間而已。無論如何都能夠走完的，我會這麼告訴自己。

選擇題

想寫下兩件小事。

前陣子接下一個有趣的邀請，要擔任二〇二〇流行廣告金句比賽的評審。原本覺得自己不適合想推辭，跟 **Spring** 說後，她倒覺得我可以去試試。

其中一句 **Slogan** 在入選的邊緣，我在初選時選了它，然後心中一直不安，原因是它有強烈的（女性）性別角色刻板印象，但是也無可否認在刻板印象的脈絡中，它尚算是一個出色的 **Slogan**。直到看見它出現在決選會議的投影幕中，我開始有做錯決定的感覺，於是就在大家盯著準備要選入的句子時，我忍不住舉手：「不好意思，我想說一下我的想法，就是第 X 句我想刪掉，因為我覺得那句的性別刻板印象有點重。」我的心臟碰碰碰地跳，其他評審都是男性、是公司的高階主管，我害怕這句話聽起來像一個小毛頭在魯莽地頂撞，雖然我的語氣很堅定（應該吧）。

慶幸的是，最後那句 Slogan 沒有被選入，我心中的大石才放下。我們討論到社群、討論到傳唱度，我很喜歡其中一個評審（未來方案執行長高文振先生）最後說的：「如果一句讓我們覺得好的廣告 Slogan 是跟三十年前、五十年前一樣，那我覺得它可能就不完全是一個好的 Slogan，我們可能要檢討一下，因為廣告是其中一種時代的體現方式，時代是會改變的，所以廣告當然也要變。」

也許只是舉手說一句話、影響一個決定，這對我而言是太小的事情，但是，回家的路上我連拿出耳機聽音樂的興致都沒有，因為只要想著，竟然在不知不覺間我也慢慢成為了可以稍微、稍微為自己想要的世界做出可能會有影響力的選擇的人，我的心臟就一股熱。如果許多年前在傳播與文化的課堂上，老師沒有要求我們從各篇廣告中挑出其中有偏見或歧視的用字、圖示、標籤，也許今天我的雙手會安分地放在會議桌上，並且不會感到任何猶豫。

當年老師在課堂上提到的批判性思考，也如同近十年、二十年來，常常聽見人們討論的「我們應該要保持批判性思考」。有一段時間我很害怕這幾個字，因為許多人會誤以為這表示我們可以理所當然、甚至是情緒性地批評他人，今天的我卻覺得，學習批判性思考的意思，是學習擁有「找出自己想要履行的觀點的能力」，當然這之中就會有排他性，會更明確看見與自己想法相左的人，在沒有純粹惡意或故意的前提下，也許我們更應該關注自己想要履行的是什麼，想要怎麼活、活成什麼。

不過，洋洋灑灑的話不能說太多，因為我還有太多不足，比如下一件想要分享的事。

記得在評選校園組的時候，主辦單位告訴我們，如果覺得不夠好，可以有從缺的名額。在處理各種行政事項的時候，我是很理性派的人（日常的文字中可能比較難發現），我會想要以最快速或是最清楚的方式處理好眼前的事情，所以在評選時，我覺得如果真的沒有適合的，從缺也沒有問題，因為至少要符合自己心目中的標準才行。當這個想法在我腦海中慢慢浮現時，高執行長說了一句：「這是校園組的對嗎，表示是學生，那我們還是把名額選滿吧，對我們來說只是一個選擇，對他們來說可能影響他們的一生。也許有些人從此獲得了很關鍵的自信也說不定。」

噢，是的。

我們不知道這個決定會鼓勵到誰、會讓誰對這個圈子或對自己充滿信心。就算沒有這個人，這也是我們可以給出的、並不困難的善意。那一刻的我是當頭棒喝。前面才說想到自己可以為想要的世界做出一些選擇，馬上就發現自己在選擇中的其他疏忽。

可能還無法準確說明這些小事帶給我的反響，但是想寫下來，希望我永遠渴望向他人、向世界學習陌生的所有，永遠有一顆願意反省的心。

低頭在填寫評選單的時候有一點像考試，我知道它遠比考試嚴肅。小時候的選擇題在考卷上，長大後的選擇在人群裡，我們要為自己的身分、喜好、價值觀做出什麼選擇，我們可以如何地去認識世界、體貼他人，每天早上睜開眼睛，就是一張一張無形且沒有正確答案的試卷，無數的選擇題，寫完，我就是那樣的人了。我就是那樣的人了，何其嚴肅又感性的一句話。總之很高興，自己有優點也有缺點，正因為如此，將繼續活著的我，能夠繼續體會和學習人間萬物。有趣的體驗，謝謝主辦單位的邀請，和評審前輩的經驗分享，小小的我有大大的感謝。

大概是時間在煮我吧

晚餐用氣炸鍋熱熟了松阪豬肉，冰箱裡還有皮蛋瘦肉粥、煮蘋果甜湯、芭樂、牛奶和低糖豆漿。家人們都不在，有些決定就自己下，比如，好懶喔是要吃外食呢，還是自己煮好了。獨自的感覺有點虛無，讓我想起以前住過的幾個空間，還有一些將我推入那些空間的痛點。痛點。

想到這兩個字的時候，有一瞬間覺得痛是一個很悲哀的感覺，因為它只有在經驗的比較中才能獲得更確切的體會，比如那件事沒有這麼痛、噢那件事比較痛。明明都讓人感到撕裂，在比較的過程中卻能夠安慰部分的自己，其實那一年、那一天、那一個人、那些事，自己都承受過來了，其實人活著就是將靈魂剪開，去承裝痛覺的過程。當然，也會承裝其他美好的詞彙。被剪開的靈魂是相對狡詐的，它有著恆常但無法傳遞給他人的記憶，比如只有被割傷的人才能知道被割傷是什麼感覺，它想像不來、無論是如何地言傳都不算精準，而狡詐的地方就在於，當我的內心真的不在意了，但是經驗被喚醒的時候，還是會有痛的感覺，痛是有記憶的。

大概是時間在煮我吧，想要把我煮得成熟，我卻只想做那一縷白煙，想要能夠輕易地逃出它的掌握。

美和子

昨晚做了一個弔詭的夢。

夢裡我看了一部動畫電影，有一群人想建造一個完美的世界，他們透過科學、神學，各種神祕又先進的力量發現一顆紅色按鈕，按下去後那個完美的世界就會被建造出來，前提是必須要發現的人們的手層層交疊、共同按下去。在電影的前幾分鐘，完美的世界就出現了，大約只花了一秒。高樓、山水、和樂的人群從土地裡長出來。我不知道生活在原本土地上的人們去了哪裡。找到紅色按鈕的那五個人被推上最高的樓層，成為這個世界的領導者，而那個紅色按鈕也被保留在會議室的正中間。那五個人每天都在小小的會議室裡爭執誰才擁有這個世界的最高領導權，沒有人離開過這棟高樓。

某一次的會議中，其中一個人使詐，想要重來一次，於是透過一些技倆讓大家再次共同按下那個紅色按鈕。所有已出現的世界在一瞬間崩塌、回到土壤裡。明明只是一瞬間，我在夢裡卻有好長好長的墜落感，好像我跟那五個人一起從最高的樓層墜落著。

電影的最後是黃昏，在一個廢鐵製成的小鎮裡的一間花店，一對母子前來買花。大約五歲的兒子口無遮攔地對著花店老闆娘美和子說：「阿姨妳長得好奇怪。」母親用力拉兒子的手，示意要他不要再說了，畫面裡的母親雙手過分纖細，兒子的也是。「美和子阿姨每次都是一樣的笑容啊，超級奇怪。」兒子又說了一句。

美和子看著母子慢慢在黃昏中走遠的背影很寧靜，但當她慢慢轉過身，才發現她卸不掉臉上的笑容，整張臉都是橡膠做的，有一副永遠的一號表情。她沒辦法向任何人表現出她的悲傷。

鏡頭慢慢拉遠，才知道這是當時那個完美文明世界崩塌時，剩下幾個沒有毀壞的小鎮，他們不是營養不良、就是有著一張橡膠的臉。他們繼續生存的物資是崩塌世界裡巨大的各種殘骸，因為土地裡已經種不出其他東西。他們也是殘骸本身。

有人說電影的最後一幕很恐怖，所以我看到美和子的橡膠臉時，馬上用雙手遮住眼睛。然後我聽見電影院裡窸窸窣窣的驚呼聲。後來在走出電影院時聽到有人說，美和子想撕掉自己橡膠的臉，最後雖然沒有拍到面目全非的畫面，但她的臉先流下淚水，接著開始滴血。

片尾曲的畫面，是一些美和子的居家擺設，可以從中看出她似乎跟那五個權力核心人物有關連，但不明確，可能是他們其中一個人的後代之類。

這部電影的名字叫做《完美物資》。凌晨四點多醒來時電影情節和名字還很鮮明，包括最後美和子澆花的畫面。貧瘠的土地已經種不出花，美和子每週都要去廢墟裡搬殘骸世界裡的土，看著片尾祥和的黃昏，我的心無比沉重。

也許每個人都是某個世界的殘骸，也都是殘骸世界裡的新生。所有都環環相扣，所有都營養不良，所有最後想守住的，都是還能夠表現悲傷的表情、還能夠擁有悲傷的權利。

被困住的人呀像找不到船槳，
在平靜的湖面上，也會感到恐懼。
沒有往前的方法，往前看起來是後退。
如果他要寫詩，他大概會寫——
我不敢站起來，因為怕看見的遠方到不了；
我不敢閉上眼，因為怕從此習慣黑夜；
我不敢感覺到微風，因為我怕那是混亂的宿命，
我怕我抵達的地方，只是原地。

知識 不等於 內涵呀

離開校園後幾年常常有一個困惑：為什麼以前的我會羨慕高學歷的人，甚至嚮往高學歷的生活呢。或者更明確地說，為什麼有些人會將知識視為一種量尺，而以前的我也是這樣。能夠以知識去衡量的事物到底是什麼。

大四寫了一整年的畢業論文，沉浸在知識裡的感覺很好，知識變成濾鏡，在我看向他人的時候，能看見比以往清楚的脈絡，儘管能看懂的、能吸收的不多，但是發現自己可以用不同的眼光看待這個世界，心裡有一股熱。所以後來有一陣子，我喜歡跟懂得很多的人聊天，當時心裡所認知的「懂得很多」，是知識層面的，無論哪個領域的知識，只要是我不懂、我沒有耐心去理解的，我就會欽佩願意深讀的人。也有一陣子，我刻意去找比較能夠讀下去的學理書來看（結果幾乎沒有一本看得完），我想著，如果我跟別人說話的時候，能夠隨時吐出個什麼厲害的理論或觀點，也許我也能成為自己想像中的那種——有豐富學養的人。

小時候常聽到：「要做個有內涵的人。」以前想像中的有內涵，是可以言之有物，說出像論文裡面的句子，有文獻可以憑據、最後延伸出自己的觀點（但其實一開始能說出來的多數都還是別人的觀點，不過在這裡先不討論觀點到底是誰的）。

前陣子張凱說，她知道自己為什麼那麼迫切地想要唸研究所（她跟我都申請上了）：「是一種來自知識的安全感，我會覺得，很確切地了解某件事讓我感到安定，至少面對未知的時候，我的腦袋裡存在已知的事情。」

我在想，這會不會也是以前很欣賞那些擁有很多知識的人的原因，但我以為會發生的安全感和她比較不同，我以為的安全感偏向的是別人看我的眼光：如果我也懂得某些事情，是不是就不會被覺得自己是傻瓜、是不是也會被敬佩。當然，這裡也先不討論要不要在意別人的眼光（這個討論詳見《二常公園》）。

近一兩年發現自己有一些奇妙的轉變，我不太再那麼主動跟知識背景豐厚的人聊天，我的意思不是來自他們真實的知識背景是否豐厚，而是我對於「以表現自己有豐厚的知識背景來獲得自我價值的安全感」的人，開始覺得困惑，知識到底給了一個人什麼呢，好看的頭銜、學歷、工作、薪水、社會的眼光，還是其他我還想像不到的事情。

需要保留的是，有些人，好像走入了知識與內涵的誤區，以為擁有知識就擁有內涵，但是知識不等於內涵呀。至少我覺得，知識是前人的經驗紀錄，內涵是自我經驗的觀點或想法生成，所以內涵或多或少包含著知識（畢竟我們的經驗許多時候也是倚仗著前人的經驗而發生），但並不相等。

我的意思並不是追求知識是錯誤的、不重要的，知識是我們與世界萬物的中介，更甚它推動了世界的運轉。而事實上，每個人要成為哪一種人都是他的選擇，我無權評議，若他誠實面對自己的各種社會需求，我深感敬佩。只是在下一次我要靠近、擁有知識的時候，我想我會有不同的心態，甚至不僅僅是知識，那些我們渴望變成自己身上的其中一種標籤、印象的事物，並不是看起來、說出來、表現出來「我正擁有著」，就等於自己了。就像擁有一台名車，名車仍不能等於自己。但我還是覺得有追求是好的，只是在追求的過程中，也許會發現原本嚮往的並不一定是自己真正想要的。

所以，回到這個想法，當我們說著「我想成為什麼樣的人」，其實應當是在說某一種心裡的質地，而非種種身外之物。我若要愛一個人、要和一個人做朋友，我想我要愛的也會是他的質地，因為我想要被愛的也是我的質地。

希望無論我作為一個什麼樣的人，都永遠不要混淆、不要自欺，而如果我需要任何一種類型的安全感，有其中一份是我自己能給的。

想要所有缺口都是窗口

終於也活得越來越液態，在哪裡、在誰面前，好像都可以有從容的姿態，但其實也越來越堅持，有時候我會清澈地讓你能看見我的心底，有時候，我看起來會有點混濁、會有不同於清水的顏色，那是在形狀之外，我還能掌握的東西，請務必諒解，我想保有這份選擇權。

也活得有越來越多不需要填補的縫隙，想要能被風吹過，想要能因此有所流動；想要不再被詢問為什麼，想要所有缺口，都是窗口。

暗處

生命是由什麼堆疊起來的呢，標籤、情感、需求、慾望。五光十色的地方，迷幻的幽默感和情話，要怎麼分辨，當懂得好看的姿態、懂得什麼是彼此需要的美麗語言。我在想，那些堆疊是不是會變成許多扇門，一扇一扇打開，最後真的還會有任何自己的原型坐在最後一間房間裡面嗎。如果真的，標籤是門、情感也是門，需求是門、慾望也是門，當某一刻我們的真心從那些門走出去，回來的會是誰呢。

談論真實的暗處時，偶爾會害怕，是不是自己也有了相似的暗處，才會慢慢變得能夠拆解它。

傳奇

昨晚凌晨三點半的時候忽然醒來，可能是因為做夢。夢到一個紅磚建築的大學校園，有一個傳奇姊姊，她擅長游泳和百米賽跑，一直沒有離開校園（暫且不論夢裡的學制），總是代表學校參加比賽，區域性、全國性的或只是校內的運動會，她都榜上有名。她從十幾歲就是傳奇人物，但聽同學們說，這幾年她的實力不如以往了，可能是年紀影響體力、也可能是其他大家不了解的原因。

在夢裡我和她在某課堂認識，她偶爾會邀請我去看她游泳或跑步的訓練，那是沒有比賽的時候她給自己的功課。每一次的訓練中，她的數據都很穩定保持在傳奇的範圍裡，可是一到比賽，她就會失誤，教練們和同學們起先會心疼她，一年、兩年、三年、五年，大家開始出現「傳奇也不過這樣嘛」、「她不行了啦」的眼光或耳語。我跟她沒有深聊過，但我知道這些聲音她都聽得到，我刻意地不去看她的任何一場比賽。我覺得難受。

某一次，她跟我說，這一次妳一定要來看，因為傳奇要回來了。是個百米賽跑，她穿著白色背心，將及肩的短髮綁了起來，她的眼睛不大，笑起來會像月亮一樣彎彎的，身材高挑。我聽著槍響，她起跑、接著超過一個一個跑者，然後以難以被超前的速度抵達終點，全場熱烈地歡呼。「傳奇回來了」的聲音此起彼落。她跑向我，我看見她滿臉淚水，我以為是感動的淚水，沒想到她抱著我，大聲哭了起來。

「這是我最後一次參加比賽，我跟自己說，剛剛就是這條路的最後一段了，我要跑向新的人生，我不要再活在這些榮耀裡，我要離開。」她邊哭邊說：「我不是傳奇了、再也不是了。」

忘了在夢裡我說了什麼，只記得我僵硬著身子，雙手輕輕地拍著她的背。醒來之後有點難再入睡，一直想要回到夢裡，想告訴她，被美的經驗綑綁就和被痛苦的經驗綑綁一樣難受，妳已經非常、非常勇敢，離開美好的經驗，就和離開痛苦的經驗一樣需要智慧和勇氣。

點心

1

多年後想起這個午後，心裡應該會有點酸澀。

早上起床時張凱開心地跑到我房間說，今天天氣很好喔，很涼。將房間與客廳的窗戶打開，明顯感覺到空氣對流，有小時候週末的感覺。午餐我坐在窗邊吃完，暮暮大約是睡飽了，從房間走出來，在我腳邊坐下（或是說躺下），一邊理毛，一邊又自在地翻來翻去，我看著他笑了出來，他只是定定地看著我，然後伸了伸懶腰，瞳孔在陽光下變成細細的一條線。腦海中出現《海街日記》的印象，雖然我坐在懶骨頭裡，暮是躺在磁磚地板上，但是窗外的風輕輕吹進來，混雜著電扇的聲音，仍有夏季在日式竹席上的靜謐感。

大概是想起以前家裡的和室。曾問過母親，為什麼家裡要有一間和室，母親說，大家可以窩在一起，下象棋、五子棋、寫書法，不同於客廳，那是午後的空間，是共有的，也可以一個人在裡面看書、為繪本上色。記憶裡十三、十四歲之前的週末午後，確實是這樣度過。原木色的地板、漂亮紙窗花的木門，不需要開冷氣的熱夏，有時候會有母親準備的冰仙草或愛玉當做點心。啊，想念來得猝不及防。

2

異狀很快地被點出，瞞不住，也沒有想要瞞，是自己還在確認這份異狀的起源。要在一片空曠的場景裡填進能夠信任的脈絡，有時候不是不相信這些軌跡，而是難以信任自己，真的嗎，走完這些錯綜複雜的路，真的就能好一點嗎。什麼又是好一點呢。好一點可能就只是能夠把今天過完。

還好有寧靜的午後包裹著洶湧的內心，沒有回聲的問題暫時得到了安放，窗外有藍天、有林立的高樓，我還是活在這個城市的人，沒有遠離塵囂、沒有真的從困惑的心緒裡找到能夠叛逃的路線。剩下的一點點浪漫是，從我的眼睛看出去，高樓與藍天是連在一起的，這是視角的奇幻之處——儘管始終待在同一個地方，也能透過微小的偏移看見截然不同的世界。所以得要先允許自己偏移。

3

搖晃的感覺是把身上沉澱了的灰塵又翻起來，於是看見自己仍是有灰塵的人，灰塵底下仍有脆弱。和她聊著就紅了眼眶，脆弱有其重量，重量來自使它生成的記憶。一不小心還是會在它之中感到無力，想到前陣子義正詞嚴地跟朋友說，不應該把脆弱的承擔視為伴侶的責任，自己應該也要有能夠承擔的辦法，在鼻酸的時刻反而為此感到牽強，身上有些結，綁得太緊，一個人的力量解不開，包括時間也沒有那麼大的力量，才慢慢認知到，或是認清，有些結確實需要另一個人，才有機會鬆動。自我在脆弱面前是那麼那麼地小。但也還好，跟她說著，還好妳也理解，才能夠覺得好一點。

稍微停下來，認真感受安靜的客廳，社區水池的水聲，馬路上車子經過的引擎聲，暮經過時偶爾撒嬌的聲音，還有蹭著我的腳的觸感，氣泡水在嘴巴裡啪嗒啪嗒。很久沒有這樣了，可能太迫切，所以太踉蹌，太急躁，當焦慮的心無限膨脹直到遮住了視線，就會看不見自己正被困在原地。

能夠靜靜寫日記的午後像生活裡的點心，無關乎有沒有加糖，擁有小小的餘裕全神貫注地閉上眼睛，就捱過了以為捱不過的事情。

三思 一

1

人們花時間觀察
去確認自己不會受傷
或是值得受傷

2

大人
用幽默支撐起自己的人生
並且心安理得

3

緩慢是一個機會看見
熟練只是靠近專業
仍要活得有情、有感覺

北風和太陽的不同

「小時候不是有一個北風和太陽的故事嗎，這幾年我才真正知道北風和太陽的不同。北風想要的是獲得，太陽也想要，但它選擇先給予。那個人脫下的外套不屬於任何人。我的意思不是為了要讓一個人退去他的防備或卸下心門就要不斷地給予，而是，打從一開始，心裡就不能只想要獲得他敞開的心房。給出想給且能給的，無論他的選擇是什麼，都要記得他有選擇的權利，就像，妳也有。我們可以選擇不以擁有為目的，選擇把這些視為一段生命經驗，妳會看到長長的路，所有都是經過，想閉上眼睛就閉上眼睛、想紀念就紀念。」

可能是太害怕重蹈覆轍，
有些影子在那裡，
以為可以是陽光灑下來時好看的光影，
但當看見自己的輪廓，就會發現，
自己不是那種會像星星一樣閃耀的東西，
儘管已經千瘡百孔，光仍穿透不了我。

只要沒有含含糊糊地長大

與楊環講了好久的電話，聊她在和我不同城市的生活與工作，原本幾乎是天天見面的，幾年前她去留學後，漸漸也習慣和她久久通話一次。

煩惱的事情和以前不太一樣，感情上、工作上。她說很多時候她會想，那些二十初歲的人們會怎麼看待二十七歲的她，二十七、二十八歲有什麼應該的樣子嗎，自己擁有了嗎。我說有一次跟朋友出去，我坐在副駕駛座，聊著第一次看到高中同學開車時，心裡一股不可思議的感覺，覺得天啊，我們真的是大人了耶，可以開車了，但心裡又知道，其實還不是，我們還不是大人。

「所以到現在我都還是會想，那些大人都在想什麼呢？」

「可是，現在的妳也是大人了啊。」朋友手握方向盤，車子緩慢地前進，他的口吻也緩慢真實。記得那個瞬間我沉默地看著前方的小山路，旁邊綠油油一片，我深深吸了一口氣。

「所以，妳也是大人了啊。」這一次換我這麼跟楊環說。

「可是我好怕其實我並沒有匹配自己的年紀。」她說。

「只要沒有含含糊糊地長大，就配得上自己的年紀。」我說，我知道妳一直都並不含糊。所以並沒有什麼年紀應該如何如何的設定，不要害怕。

今天天氣很好，看著大大的太陽和藍天，都在想昨晚長長的對話，雖然有各自的煩惱，但親密讓心裡有強烈的富足感。謝謝我們並未含含糊糊地長大。

兩個 小困惑

「到底要把年輕人當做另一個成人，還是一個夢幻的少年。」那天在《VERSE》雜誌創刊論壇中聽到這句話，這幾天一直在想其中兩件事。

其一，我在想，那麼我觀看自己的視角呢——我應該要把自己看成另外一個成人，還是一個夢幻的少女。在接收他人投遞給我們的話語時，其實也接收著對方觀看我們的預設視角和立場，這些預設會讓訊息的內容有所不同，同樣地，在跟自己對話時，站在何處、就會產生什麼樣的自我對話。

以前覺得自我對話是產生新自我的過程，可能有一點幾年前一直到現在都被熱熱提倡的「做自己」的味道，不過做自己的話題這次先暫時跳過，近幾年我感受到比較多的是，自我對話是一種篩選機制的建立，時間有限、心力有限，該如何對自己說出適當的話語（適當不一定是正面或安慰，也不一定是政治正確的、對的，而是基於當下處境、盡可能是最好的回應）。所以會不會，另外一個成人其實也仍可以是夢幻的少年少女。

我滿喜歡這種小矛盾，這表示說者很誠摯地準備著一場希望能有益於對方的對話，才會興起這種溫柔的困惑。畢竟所有的話語都有立場，有時候因為還不夠了解這個世界，所以先靜靜觀察，其實也沒有瞭解透澈的一天，所以永遠要給立場空間，那裡可能站著一個尚為未知的自己。

其二是，說者默默地用了某種思考慣性，將年輕人以「少年」概括之。這種思考慣性是這些年我一直在想的，也可能是因為我是生理女性。

記得在幾年前寫過，為什麼會那麼喜歡電影《The Hours》，很大一個原因是它在編排女作家 Virginia Woolf 說話的內容時，在對於一個概括人物的指涉時對白裡使用了「she」（至少我聽見演員說 she），這樣的精緻並非在於刻意不使用「he」，而是基於 Virginia Woolf 本人的中心價值，這是對於她思想的照顧和尊重。不過，我也一直在想，未來是否會有一種更為中性的用語，讓性別不再如此二元對立，有沒有一種用語能用不概括的方式來排除其他各種性別。

雖然是想要單純記下這些困惑，但寫下來，也清楚感覺到這些是這個時代給我的，早出生十年或晚出生十年，也許這些困惑就不會屬於我。困惑也默默呈現了一個時代的模樣。當時代予以我們無數與前人、與來者不同的選擇，我們也用自己的困惑和選擇回應、描深了世界的其中一種模樣。啊，每個人都是世上萬物面前的其中一個美麗的容器，時而寂寞，時而富有。

去看看山吧

很多年前，我去到某個山谷裡，身邊是一個剛認識的律師媽媽，她把車子停在一個小亭子前：「我們下去看看山吧。」她說。我和她站在那裡，不知道彼此真正在看的是何處。

只記得她邊看著遠方邊告訴我，她每年都要來這裡兩次，山提醒著她：「妳會感覺到自己渺小，然後發現其實，妳的煩惱也一樣渺小。雖然經歷的時候很巨大、難受很巨大，但當妳來到山裡，它們不會跟進來，它們在很遠的地方。」

儘管我後來沒有再見過那個律師媽媽，我幾乎記不起她的長相，但這句話一直記在心裡。我想，是那時候開始的吧，我喜歡山多過於海。

偶然

剛搬到八樓的時候，因為是完全的空屋（除了大型家電以外），跑去逛了幾次不同的居家百貨，有一次看到充電電池，想說買回家試試。後來不經意地養成了習慣，時鐘或其他需要電池的小型電器用品都開始使用充電電池，電池沒電了就拿出來充電、重複使用。

上週某一天下雨又很冷，出門尋覓早餐的用意往往是想著可以順便帶一杯熱咖啡回家，開啟一天的寫稿時光，那天可能因為下雨，急著想回家，匆匆就忘了要買熱咖啡。但還是很想喝點熱的什麼，於是煮了熱水，想說泡家裡的茶葉，煮完熱水後又想，還是就對一點冷水，放在保溫杯裡（我有保溫杯潔癖，保溫杯只能裝開水不能裝任何有味道的其他東西），還可以喝比較久。結果這一兩週，我幾乎都沒有在早上買熱咖啡，都是先跑去煮一壺熱水，準備好我的保溫杯，開始寫稿前先喝一大口。意外地每天就多喝了好多溫開水。

還有前年，那時候還會去諮商，有一次相約的時間剛好遇到颱風假，但我已經準備好要跟諮商師說的話，以及想要反饋上次她給我的功課，一下子落空，卻也沒有想像中失落。後來改期，在見到她之前，我自己就消化、代謝掉了那些煩惱。於是見面的時候我跟她說，這應該是我最後一次來了。她問我為什麼，我說，那些我以為需要透過妳協助我、跟我一起解決的事情，我發現自己都可以試著去解決了，謝謝妳。

前陣子看到一句《海底總動員》的台詞：「The best things happen by chance.」

最美好的事情都是偶然發生的。

獨自長大的這幾年，常常想要抓到一種規律，為了把沒有秩序的自己收束、整理，把偷懶當作彈性。偶然之間確實也發生了許多可愛的小事，但最近慢慢發現那份美好不僅因為它是小事，而是它作為如此渺小的開端，卻讓我的生活有了截然不同的樣貌。

也不是說從此就要仰賴偶然去得到美好，只是，如果在一定程度上已經瞭解、能夠掌握自己，不如就更自在地把自己交給生活和陌生的一切。可能暴雨和艷陽都在轉角，但我帶著傘且曾經淋濕過，所以能甘於把轉彎視為轉彎而已。雖然改變前和改變後的事實都同時存在，但也相信，我還沒遇見的那些美好都已經在偶然裡等著我。

會不會其實，有時候心裡的聲音很多，
但並不總是雜音，
而是因為在乎的事情變多了。
重要的事情變多了，
就從學著刪除變成學著排序。
優先順序就像在為自己在乎的事情劃界線。
我們與他人之間要劃界線，
自己手上的不同等級的重要事情也需要。

三思 二

1

說出「我不喜歡他們」的時候
有時候不是因為差異
而是因為他們身上
有和自己一樣的東西

2

都說行為隱瞞不了心意
但行為還是常常
不小心扭曲了心意

3

甜膩的生活
有時候適合
有時候並不
因為曾經看過螞蟻是如何地蛀蝕
最脆弱的地方
輕咬都是劇痛

大雨

上週有一天傍晚運動完，如往常搭著公車回家，忽然下起大雨，灰色的柏油路一下子全變成深灰色。公車司機是個戴眼鏡的中年男子，因為常搭這一路公車，見過他不只一次，他是那種會跟乘客說「先生口罩要戴好喔」、「阿嬤妳不要急著站起來，到站我會等妳下車」的司機。

準備要夏末了，天色暗得很快。有個路口轉彎時不知怎麼著，出現撞擊聲，公車司機緊急煞車，所有乘客都用力地往前傾。我坐在左側的窗邊，看見一台機車滑出去，是一個男生載著一個女生，兩個人都穿著雨衣，機車滑出去的軌跡從正面變成半側面，接著側面直接撞上路邊施工搭建的淺色鐵皮，然後倒下。他們就倒在離我不到五十公尺的地方，幾乎只和我相距一面車窗。

男生站起來後趕緊確認女生有沒有受傷，司機也馬上站起身跟乘客說明，他不小心出了一點意外，請大家放心，他先向公司回報、並確認那對男女有無狀況。乘客們有些躁動，我靜靜地拿出手機，想著要先跟張凱說我遇到車禍了，不過沒事不要擔心。

由於下著大雨，我們又在路中間，司機不方便下車打回報電話，他站在車門打開的階梯上，快速跟公司說明原委，語氣慌張且幾乎結巴。後來他確認那對騎機車的男女沒事、並且等警察來留下筆錄後，再次打電話給公司。前前後後大概二十多分鐘，可能因為下著大雨，也沒有乘客說要換乘其他班次的公車。事情處理完後，他再次跟乘客說聲抱歉，然後回到駕駛座、繫上安全帶，車子繼續往前。

我看著窗外互相關心的那對男女，和我的手機裡要發送出去給張凱的訊息，再想到，公車司機打的每一通電話，沒有一通是給家人或朋友的，他看起來連傳訊息的時間都沒有，因為他知道必須先處理眼前的事情、這是他的責任。

如果他是誰的丈夫、誰的父親，我一直想著，那一刻的他，好寂寞。

我的脆弱 是如此普通

1

她很喜歡寫各種小卡，高中畢業後幾次的大學見面中，她幾乎都會偷偷在我的包包裡放小卡。有一次忘了是什麼時節，她的小卡最後一句寫著：「希望有一天妳能放心地和別人分享妳的脆弱。」當時心一沉。我們十六歲就認識了，很多時候她比我還要了解我。曾經我是那種很要強、尖銳的人，她在說的是這個嗎，要我偶爾撇下這些，願意讓別人看見心裡的傷口。

2

「我準備好要告訴你這個故事了。」

那天之後沒多久，某天獨自在鬧區走著走著，收到了影響心情的訊息，於是問了當時的曖昧對象，有沒有空，要不要一起晚餐。我帶著準備好的心，甚至在見面以前，坐在公園的椅子上模擬好幾次我應該要怎麼說出這則訊息背後的故事。那是關於我心裡很深的一塊。我覺得、我以為，說出這件事，就是和別人分享我的脆弱。

晚餐時我一直看著對方，想要從他的眼睛裡看見我預期中的驚訝、疼惜，或是一些他自己的反應。整個故事說得極為順暢，包括從中自己獲得的學習、當下對於這件事情的想法等等。不知道是不是所有都太完整了，他確實有所驚訝、疼惜，但是沒有再更多其他。明明是預期中的事，我卻興起隱隱的不確定感。我覺得自己只是在展示傷口，用準備好的姿勢，塗準備好的藥膏，說到流血的地方時，希望被指稱「妳好勇敢」。

甚至，我開始會在心中排演其他的受傷故事，將它們視為我的脆弱，我開始試著觀察時機、向更多人說出這些。我沒有意識到所謂「放心說出口」，是因為我做了太多準備，才能夠放心。

3

八月某一個晚上跟一個新朋友聊天，可能話題使然，想起某件受傷的往事，想要用以前的口吻說出來，卻發現自己說得很平淡，平淡到，好像已經沒有說出口的必要。我感覺到這個故事、和（假如會）獲得的安慰或鼓勵，都是多餘的。

話題的收尾很倉促，不同於以往準備好的語氣，我在心裡告訴自己，這是我最後一次說了，以後若要再提起，也不會是用這些方式。故事不會再這麼完整地沒有任何可以被非預期狀況攻陷的破綻。

那一晚後，我知道我在與他人共享的不是脆弱，雖然我不知道那是什麼。我好像只是想證明，我也是有脆弱的人，我也敢於表達、敢於將它分享。

4

今天中午她傳來訊息，工作提早結束，問我要不要一起午餐。三年多前她步入婚姻、有了自己的家庭，我們住得不遠，時不時會一起吃飯。我說，好啊，我可以簡單煮（畢竟複雜的我也不會）。我們在小客廳裡聊了一個下午。聊起了這幾年各自的變化、工作上的事，和一些人際上的體悟。其中我說，有一次夢到一個朋友，夢裡他陪我完成了一些艱難的事情，醒來後我跟那個朋友說：「謝謝你給我的安全感。」

她坐在小沙發上露出溫和的笑容：「就算妳是跟我說，這都算是有點肉麻的話啊。」我笑了出來：「現在想想好像是欸。但現在的我，有什麼話就會想直接告訴對方，當然盡量是在不造成對方負擔的前提下。」就像，以前我如果想念誰，我是不太敢大方地對那個人（除了情人）說，欸我有點想念你耶，儘管我的內心有滿腔的情感。因為我覺得彆扭。我只敢寫在日記裡。就像以前的她也曾經因為我不懂得表達自己的感受，誤以為我不想要她這個朋友了。

「我覺得很好，妳願意承擔那個不確定性了。」她說：「這就是妳的脆弱，妳害怕自己的情感投向一件事情或人物時，帶給妳的不確定感。因為妳不確定別人會回妳什麼、會不會不如妳的預期。」

我一下子愣住了。

「啊，原來脆弱有時可能只是一句很普通很普通的話，但是因為無法預測它的結果、因為不知道自己能不能或願不願意負擔那種未知，所以我們連那句普通的話都不敢說。或是，當我們聽到別人這麼說時，無法辨認出，那也許也是對方的脆弱。」我說。

5

我跟她說，欸，我想到了妳曾寫給我的小卡，我好像現在才看懂。每個人的脆弱都不一樣，展現脆弱的方式也不一樣。有時候並不是流著眼淚或把自己關在房間裡的模樣才是脆弱。在我身上，脆弱是一種對於未知的害怕。事實上，它如此普通。普通得可能只是一句質地粗糙的話，裡面有我不知道該如何安放的真心，如此而已。

可是我願意放心地說出我想說的話了，我願意和別人共享那份不確定感了。真正令我安心的是，就算有不如預期的回應，我也不後悔將那些話說出口。那不只是我的脆弱的表現，也是我的情感、我的愛的表現。至少現在，我喜歡這樣的自己。

可能是自己太貪心，
想說的話太多，
有些是情緒、有些是真心，
所以會害怕一混亂或焦慮的時候，
就給錯了東西。

我願意

我願意承受焦慮
我願意被打磨
我願意感到挫折

我願意被遙遠的人誤解
因為我永遠突破不了太陌生的語言
和來自不同且獨有的原點的想像

我也願意被瞭解
當我的口吻還生澀

說出口的句子還太尖銳
我願意被調整

我願意將我發抖的身子站直
握緊拳頭然後咬緊牙根
然後，再鬆開雙手
看著你的眼睛堅定地告訴你
我很害怕
但是我有不願意失去的東西
為了守住我不願意失去的東西
這些我都願意

（而且我一點都不害怕被你看見我的害怕喔）

喃喃 一

有人說
不害怕魔王的辦法
就是走進他住的山洞
問他要不要吃一塊蛋糕
如果他不要
那就算了
至少看過他的模樣
還可以為他畫一張畫像

雖然想要心裡的石頭放下
可是如果
它在空中就碎掉了
那算是放下嗎
懸宕著的事情確實消失不見
卻需要重新整理房間
因為都是粉末，好像
更難整理了

以為自己能夠完成的任務
在完成的時候才意識到
「以為自己能夠完成」
是多麼自私的念頭
所謂的自己
不過是他人的集合

我把門關起來的時候
覺得有東西不見了
直到想要記得的臉孔慢慢變得陌生
才知道拒絕壞事
等於拒絕好事

可能有一句話我說錯了
所以每一句我說過的對的話
都變得不算數
我可以理解
可惜理解有時候沒有舒緩的作用
每一次的柔軟都是選擇
因為理解，而選擇柔軟
是需要多麼用力的事

心意的路徑是心
是情緒、是眼睛
也有時候沒有路徑
待在原地不動的人
可能最聰明
不像我傻傻地靠近
卻自以為聰明

從前和未來
大概都是幻覺
不然為什麼
擁有或不擁有
都覺得不真實

張惠妹 演唱會小記（遲了八年）

昨天和今天聽了兩整天的張惠妹。說起來很有趣，小時候只從父親口中聽過「阿妹是一個很厲害的歌手」，以前每天來回台北新竹兩地的日子，常常會先經過一個快速道路，快速道路的前面有一個大看板，上面是阿妹的啤酒廣告，「她就是阿妹」父親會這麼說。那個看板我就這樣看了很多年。

高中有一次跟朋友去二〇一一跨年，傻愣傻愣的幾個女孩站在演唱會的最外圍，說著「聽說擠進去會很難出來」、「還有人包尿布耶」。說實在，也不知道台上在唱歌的是誰，我們也不在意，只是想要感受跨年的氛圍。換了幾個歌手後，我聽到一個女生的聲音，太驚豔了。現在是誰在唱，我問。是阿妹，路人說，現在唱的是〈姊妹〉。女孩們一下子安靜了下來，我們就站在那裡聽，阿妹除了唱歌，也在廣告時間親切地和台下互動，完全沒有冷場。

那是我第一次認真地聽一個歌手唱歌。那天晚上我跟自己說，以後她開演唱會，我一定要去。然後，二〇一二年十二月八日，我跟當時的大學室友跑去高雄體育館，我的第一場演唱會。為了接近樓上的聽眾（大學生沒有太多錢我們坐在超上面），阿妹在場館裡坐熱氣球繞了一圈。

但讓我印象最深刻的不是這個，而是她在中間說了一個故事。有一段時間她的聲帶受傷，醫生告訴她，妳不休息，可能就再也不能唱歌了。她休息了很長一段時間，要復出的時候，公司選了許多相對好唱的歌，有一首主打歌〈人質〉，公司準備好複雜的編曲，就是為了怕她的狀態如果不好，仍可以透過其他的方式給歌迷很棒的音樂。

但是，她說：「我跟公司說，我不要那些編曲。我只要我的聲音和一把吉他，我要讓大家知道，張惠妹還能唱，就算、可能我的聲音跟以前不一樣了，我還是要唱，因為唱歌是我最喜歡的事，除了這件事，我也不會別的了。」

我坐在台下眼淚停不下來。那是八年前，我二十歲，不知道我的人生會長什麼模樣，可是有一個人站在很遙遠的舞台上，告訴妳：「就算我跟以前不一樣了，我還是要做我最喜歡的事。」我想當時是被她感動多過於明白她說的到底是什麼。

也不知道為什麼忽然想起這小小一段，只是覺得，一個人其實不用做多少偉大的事，而是用她所相信的精神活著，對於不小心遇見她的人，就是無比的寬慰，因為我們總是難免地被生活的混亂打散，忘了什麼是真正重要的事。真正重要的事從來都不多。

啊，我實在沒有追星的習慣，但這份感動每次想起，都會覺得慶幸，慶幸那一晚我在那裡，存了好一陣子的錢，去聽一個人唱歌和說話。現在想到心還是好熱，還是有點想哭，可是是好的想哭。知道世界是這樣被串起來的，就會願意繼續熱切地睜開眼睛、熱切地活。

被自己綿密的苦澀扎痛，
有時候又被它拯救，
然後傾身、屈膝、咬牙、再抬頭挺胸。
做一個懂得如何區分能承擔與想承擔的人，
也做一個有能力將兩者合併的人。

喃喃 二

細節記得的越深刻
就會被膨脹越多
但也只是一顆可以被戳破的氣球
珍貴的東西也可能變得無所謂
所以不要感到空虛
和今天沒有不一樣的明天
都因為這個誤會
變成了無可返回的昨天

把窗戶開了一個小小的縫
讓風進來
可是在還沒有打開窗戶邀請陽光以前
陽光就已經來了
有些東西的本質是選擇
有些東西的本質是命運
就像有些人，也是

對別人好奇的時候
有時候會疲憊
有時候會難堪
像是發現在自己的認知之外
跟自己不一樣的人的認知
看起來像在嘲諷自己無可辯駁的現狀
啊，現狀

一個如此淤塞的詞彙
好的時候不想疏通
不好的時候無法疏通

當活過的時間
已經長到足夠確認什麼東西應該、不應該
出現在自己的房間
長到足夠喜歡每一個物件所在的位置
甚至有足夠的欲求與不欲求
那麼，人們口裡的平凡和英雄
很可能是同一個詞

然後，長大的快樂變得好奇怪
能夠吃一口蛋糕

和克制自己不吃一口蛋糕
都會快樂，為什麼呢
為什麼不同種類的快樂
不能同時擁有

可能是我太貪心了吧
才那麼想要學會節制
甜食、想念、信任
然後在孤獨裡變得完整
在重新開始以後
其實沒有重新開始
所有都是不同種類的了
生活、喜歡、我們

當對這個世界動了情
說起「你」這個字的時候
裡面住了不只一個人
你啊，多麼苦澀又豐富

我也是

我也是

辨

「如果你想要看見我的紋理，請真誠地靠近我，請睜開你的雙眼、你的口、你皮膚上面的毛孔。我無權左右你的感受和想像，但千萬不要輕易地以為那些是我的真實，那些只是你的真實。」

慢慢也成為了這樣的人。不讓自己的紋路積出灰塵，也不把稜角掛在門口。活得越趨清楚不是為了證明，而是能夠分辨什麼是自己的真實、什麼是別人的真實。

那一顆豌豆 沒有 變得可愛

她只能睡在純白色的床單上，除此之外，她會覺得骯髒。那是目光上的不舒服，可是她太聰明，知道在看穿別人的眼神以前，要先讓自己免於被看穿。保護自己的過程，心會變得有機，但是是在一道牆裡面變得有機，牆上少了窗，多了掛畫。掛畫通常並不真的重要，只是因為太寂寞。

「對視就是這麼一回事。」她說：「有時候不是想要看見別人，而是想要看見別人看見的自己。比起了解他，我更想了解的是他眼裡的我。」這樣實在是太自我了，他在心裡低喃，但沒有說出來。

「但為什麼是他呢？」他問。

「你有過這種時候嗎，所有人的評價你都不在乎，但你很在乎某一個人的，不是出自於愛或喜歡這些情愫，你單純喜歡他眼睛看見的世界，所以你希望自己也在裡面。」她低下頭：「這種時候，心會是空的。」

她沒有把話說完——當我意識到我需要某個人的時候，就表示我的心已經深不見底。如果閉上眼睛看見的他，並沒有看著我，我就會墜落。

他沒有說話。

「但是沒關係。」她繼續說，像害怕空白會讓他誤會她並不清楚自己的思緒。她必須表現得很清楚。難免一個眼神都會讓人感到負擔。她眨眨眼睛：「往前走，還會遇到別的人。」

「妳在找可以取代他的人？」

「當然不是，我只是在找我的出口。」她露出笑容：「他會永遠住在我心裡的其中一個房間，但是我得出去。」

很多年後他想起她說的這席話，才無意間發現，她的寂寞不是因為心裡沒有住人，而是因為心裡住了太多人，而她卻不敢為誰留下。

她睡在純白色的床單上，房間裡有無數掛畫，生活平穩運作。她太聰明，懂得揭露自己的暗處，懂得表現自己的熱情，懂得將空白的氛圍補上適合的對話。當她說出自己的缺口，她早已經從容不迫地離開那些缺口了，可是也許，她內心深處希望那些人能夠愛的，是整個、包含著缺口的她。

早上夢到一個只能睡在白色床單上的女人，很模糊，想到可以把她跟很多年前在角色書寫練習時發想的一個沒有名字的女人疊在一起。很像豌豆公主無論如何都會感覺到無數床墊下的那一顆豌豆，那一顆豌豆並沒有變得可愛，但有一天，也許她也能若無其事地睡著入夢。

有些地方太漂亮了，所以不敢去第二次，
怕會失去第一次震撼的心情。
有些人太好了，不敢往回望，
怕失去「真的有這麼好的人值得我嚮往」的念頭。
是的，都是為了自己。
我沒有這麼勇敢偉大，能夠一直往前走下去，
我的勇敢都是因為害怕。

取捨之間

那個不好的夢讓我很傷心。

她說，如果要一起玩，就要把一個我的夥伴的東西拿走，或是把一個我的東西拿走，我都不想，所以我拒絕了。我不想愧對任何人。我是和他站在一起的，我不想改變。

她說，好吧，沒關係，那她陪我搭計程車回家，車資不用擔心，她來負責，說起來有點內疚的口吻。計程車裡，她看著窗外，窗外剛好是山，車子要下交流道，一片綠油油，她的眼眶變紅，她說，對不起，要考慮的事情變多了。她一直都沒有看我。我說，沒關係，妳一定很辛苦吧。然後我也哭了。

不知道我們各自最最在乎的事情到底是什麼。我的心那麼脆弱，卻還是有想要保護的東西，人為什麼會這麼倔強呢。為什麼只是因為想守護的東西不同，看起來就像在互相傷害。

慢慢不敢去想，未來會不會後悔，評判自己行為的準則回到了——這是否符合我此刻的心思、此刻相信的東西。這樣也可能帶來後悔的結果，心思會改變、相信的事情會改變。可是過於關注未來，就會忘了未來是由無數的現在鋪陳而出。

我沒有馬上寫下這個夢，過了好幾天，今天早上才發現這份傷心的感覺沒有變淡，可能這就是我在乎的事情，才會在取捨之間，有了明確的方向，也有了悲傷。

湖

我們交換一些書裡的句子
濃烈的情感或是太年輕的事情
當寫者真誠的時候
沒有人能被欺騙
包括真誠的真誠、真誠的說謊、真誠的偷懶
真誠的信奉自己心裡的價值

那是遙遠的地方
我覺得我看得見

很多的樹和一面湖
她說有一次失戀
她跑到一個湖邊
然後跳進去
游了一圈再上岸
「我把那個爛人留在那個湖裡了」
從此她想起他再也不是因為牽掛
那時候我就開始看得見
很多的樹和一面湖
有東西可以被留在湖裡

我想起幾次自己非常刻薄的時候
心裡隱隱知道
那大概就是關係開始長黴菌的地方
但是已經太久

五年或七年前吧
那些好像也不是需要道歉的事情

有時候不喜歡一個人
不是因為他傷害自己
而是他做出了消耗關係的事
卻覺得無關緊要
有時候是不喜歡自己的信任
變得那麼不值得

有些地方我不敢偷懶
尤其我熱愛的事物
我害怕有虧欠
所以我寧可盡力但是做得不夠理想
也不想要用偷懶欺騙自己：

我可以做到的，我只是偷懶而已
湖裡面大概就留著這類的東西
不喜歡的人、不見的信任
熱愛的事物在樹的附近
無論那天是出太陽還是下大雨
它都讓我從刻薄
慢慢變成了一個柔軟的人

雖然你已經沒有機會看到了
（反正也不是給你看的）

中心

「是人們看不見的你累積出了人們所看見的你。」
「也是人們看見的我，累積出了他們看不見的我。」
至少，她說，至少我們不要以為，是被看見的才有所累積，
而在看不見的地方，遺失了自己的中心。

「大地換顏色了吧，
我不一定能真的看見，
就連自己的內心，有時候都模糊不清。
我們再也沒有昨天了，意思是，
昨天的那些，你都不要了。」
最後就是，當試著想起多年前還有著的口吻，
卻像是想起了一個陌生的人。

栗子蛋糕

她把雙手放在雙眼上揉著眼皮。窗外是黃昏的景色，他知道她不敢看，黃昏太短暫。

「他每天都會看農民曆，有一次上面寫屬馬的晚上不宜出門，傍晚他就開始瘋狂打電話給我，打了二十幾通，他從來不會這樣。」她吃了一口栗子蛋糕：「說這個的時候，應該可以吃甜的吧。」

他的眼神自落下的太陽移回她的臉龐：「當然。」他說。

她小心翼翼地沒有沾到任何鮮奶油，就像她小心翼翼地沒有使用到任何關於死亡的字眼。心在生死之間比一塊蛋糕還要綿密。

「欸，栗子的季節不是已經過了嗎？」他忽然像想到什麼無關緊要地問了一句。

「對啊。」她說，一邊再挖了一塊栗子蛋糕放進嘴裡：「但還是很好吃。」輕輕放回盤緣的湯匙也沒有留下任何鮮奶油。

Lemon Tree

小時候每週末母親都會載我去一個市區的舞蹈教室上課，老師教的是民俗舞蹈和芭蕾。記得有一次成果發表會，在一個小學的大禮堂裡，我們要表演的其中一首歌是蘇慧倫的〈Lemon Tree〉，當時老師租了三顆檸檬裝，就是那種硬殼的檸檬、頭上還有一頂檸檬葉，跟我同一個班次的學生裡，我算是個子比較高的，就被老師指派去擔任其中一顆檸檬（因為太矮的小朋友無法穿，會整個掉進檸檬殼裡）。

我的任務很簡單，就是跟大家一起跳舞，跳著跳著，我要去後台換上檸檬裝，然後大家繼續跳舞的時候，在周圍走來走去，讓畫面添增豐富度。我從小就很愛偷懶，所以這個任務我非常喜歡，因為有一段舞步就不用記，只需要在旁邊走來走去，但是我要記得出場的時間，可能是因為這樣，我對於這首歌的印象很深。

回家的時候無意間聽到這首歌，好懷念。小時候很多看似沒什麼的小小事，默默地幫未來的自己填上好多可愛的記憶。還有啊，當時覺得能當一顆檸檬是一件甜甜的事，現在才聽得懂這是一首酸酸的歌。

（我現在已經不會跳舞了喔。）

包裝

害怕被包裝的話語
因為知道拆的時候
並不是在拆禮物

妳為什麼每天都這麼快樂啊。
我笑著說，有嗎。
他說，有啊，妳每天都笑笑地。
我說，因為沒有什麼不快樂的事情啊。
他又問，但也沒有什麼特別快樂的事情啊。
可是，我說，沒有不快樂的事情，
本身就是一種快樂吧。

微痛的

1

開始認真地看起星座，想要知道什麼是上升什麼是月亮。開始想要把自己塞進已經存在的定義裡，同時重啟那顆想要創造更多的心。什麼都想要的時候，人就會變得矛盾。

已經逝去的，不花時間追悔，只花時間懷念。那是不一樣的，沒有悔這個字，事情就能變得更加坦然。我能夠捕捉和負責的還是太少了，我能夠扛下的，也很少。有時候是因為把自己縮在太裡面的角落，才會覺得世界荒涼。

眼淚是水做的皮膚，哭一次就蛻一層皮。人會因此變得透明或輕薄嗎。不知道。沉重的到底是什麼呢，是過去還是未來。仍然沒有定論。

2

前陣子有一份驚覺，意識到某些東西的重量其實不屬於自己，雖然這些年已經被提醒過無數次，但在自己真正驚覺以前，那些提醒都不真的奏效。

當時有很重的失落感，因為已經背著好久好久，久到覺得我並不是背著它，而是握在手心裡的。所以要放下的時候，也不是從肩膀上卸下，而是要從眼前、要讓它從掌心離開，親眼見著自己捧在手裡多年的東西的離開，會出現好大的缺口。雖然不想用缺口形容。也許我只是以為那可以填補某種遺憾，所以才緊緊握著。

可是真的太重了。很多日子是看著月亮落下來，才覺得那塊東西也能暫時跟著落到我看不見的地方，所以偶爾看不到月亮的時候會覺得不安。好像沒有東西可以攀附，無法攀附，就不能交給他者去墜毀。

這是小小但深深的告別，因為太深，所以轉身的時候連呼吸都會痛。我沒有不愛，只是必須改變愛的方式。因為有時候，我們愛別人的方式，別人可能很自在，卻會讓自己逐漸喘不過氣。

常常害怕我比較愛我自己，後來才知道我的害怕是因為我並不懂得怎麼愛我自己，如果我不懂，愛就會呈現一種自私的模樣。但是事實上，為別人著想到任何深不見底的程度，別人都不一定會回過頭為自己著想一點點，接著難免就會在這裡面傷感。唯一能確定的事情是，我還能寫下我不確定的事。這是匆忙的人生裡，最能夠安放自己的方式。

所以遲了也許十年，還是要有這一場道別。還是要承擔這份疼痛。也許這就是遲了這麼久的原因，現在的我，才足夠承擔得起這種疼痛。

3

心裡很大一部分綿綿的東西正在消失，然後長出新的比較硬朗的東西，可是在硬朗的東西裡面，還是有那些綿綿的東西。可能比較想要坐在紮實的椅子上大過於雲朵。人必然會從雲朵中墜落，因為無法把自己縮小成水分子。我們無法把自己縮小。儘管我們已經這麼、這麼小了。

說該說的話和想說的話，都會呈現我的粗糙，但可能，還是要說出來，我才會擁有形狀。我的意思不是一定得要向誰吐露，可能只是對著一張白紙寫下，用比心跳更小的音量，只有自己聽得到，那就好了。

悲傷的心總是赤誠，因為無法偽裝。所以每一天都是咬牙度過的，不是因為不愛這個世界、不愛身邊的人。就是因為太愛了，才會需要咬牙撐過自己對於某些事物的灼熱感。

站在路口感受季節變換的時候，也感受到了自己的變化，最後能做到的，就像一如往常謙卑地面對更迭的四季，我也要尊重自己的改變。我在這些裡面活成了我，未來將有所不同，但那還是我。

防疫小雜記

這些日子看見許多人們居家防疫的生活，除了調整心態、生活狀態以外，也盡可能地把許多往常要出門完成的事情搬進家裡。在家裡運動、在家裡錄音、在家裡吃喜歡餐廳的外送，甚至在家裡露營。大人物或小人物，在此刻都一致地試著將門外的生命體驗濃縮至自己的房子裡，每每看著都會想，是不是門外的經驗讓人們有了能夠克服這些的動能，智慧在擠壓中沒有變形，而是在其他地方展現。

今天吃午餐的時候張凱跟我聊到，她的家教學生要升上高中一年級了，前幾天學生透過電腦的視訊螢幕跟她說，好希望能順利看到我的新同學喔。張凱說她本來要接，咦，為什麼會看不到。但仔細一想，如果疫情沒有趨緩，會不會學生升上高一的時候，就只是多了一群網友。張凱告訴他，別擔心，一定會有機會見到的。

原本應該要在球場上揮汗打球的、原本在下課的十分鐘中要跟好朋友衝去福利社的、原本可以在上課的時候偷偷觀察喜歡的人的年紀裡，他們的原本有了變化。小時候時不時會看見某些長輩說著，應該如何如何、事情本來就是怎樣怎樣。但事實上，世界上不存在永恆的「應該」和「本來」。

所以忽然覺得，這樣的他們，會生出與我們不一樣的動能吧，也許未來，他們能面對許多我們不能面對的事情，就像我們也面對了許多他們難以想像的事情。不同的時代會養成不同的心理，那是我沒有體會過的青春，日後，我們也許有許多事情要向他們請教。可能只是不一樣而已，但是和自己不一樣的人身上，永遠有值得學習的事情。

無用的甜 與 曾經 重要的事

睡前想起前幾天做了一個惡夢，到處都在著火，我們搭著列車經過，後來車長說，前面的鐵路也因為著火斷了，大家必須提早在某一站下車。那個車站不大，走出去時每個人都戴著防煙霧的面罩，忘了是誰跟我說，妳要不要去廁所，他的意思是，妳要不要把一些不重要的東西丟了，如果發生什麼事，比較好逃跑。我聽得懂。我說好。

我走進車站的廁所，才發現裡面早就被堆滿許多人認為不重要的東西，並不全然是垃圾。一時之間我不知道應該要丟掉什麼。我什麼都不想丟掉。然後我走出來，走到他面前的時候，他還沒開口，我就說，等等，有個東西忘了丟，然後我又往裡面走。我忘了丟掉什麼了，只記得我猶豫了一下手上的珍珠奶茶，還是沒有丟。

後來火勢慢慢延燒過來，有人喊著，這裡也不安全了，人們開始四處逃跑。我跑到一個大樓前面，大樓外側有一個巨大的半透明電梯，我看見一些熟悉的人在裡面，我拚命喊他們的名字，還好他們聽到了。電梯降落到一樓接我，裡面都是人，只有我跟少許幾個人能擠進去。那個提醒我要去丟東西的人沒有進來，我看見他站在我身後。人實在太多，他進不來了。

電梯升到某一個高度時，出現了機械的聲音。電梯變成了另外一輛列車，天色應該要是深藍色的，但城市已經火紅一片，列車的速度非常地快，就像是被設定用來逃命。

離開的時候我依偎在一個女子身上，她皺著眉頭，眼神凝重地只看著某一個方向。我也是。我覺得那是因為我們都不敢看已經被摧毀的地方。我問她要不要喝珍珠奶茶，她說，好啊，謝謝妳。還好我沒有丟掉珍珠奶茶。我也喝了一口，雖然不冰了，但還是很好喝。無用的甜才捱過了毀滅的瞬間。

天色迅速地變得異常明亮，我睜開眼睛的時候，躺在自己的床上，手機上的時鐘顯示七點多。很久沒有這麼早起了。我揉揉太陽穴，想要想起我剛剛丟掉了什麼，但是想不到，怎麼樣都想不到。

雖然最後它被我列為不重要的東西，可是如果它曾來到我身邊、在我身邊逗留過，那曾經應該也算是重要的東西吧。我為自己遺忘曾經什麼對我而言是重要的而難過。大概是因為我害怕，現實生活中的我也會變成這樣。

「有時候人生真實的幸福感
是來自曾有所缺、仍有所缺。」

暗處與凹折

人是足夠聰明到能夠避開自己暗處的。這是為什麼一直覺得，誠實疼痛又珍貴。我們不可能在所有人面前展現完全真實的自我，每個人都有許多面向，但必須要擁有的那一份誠實是，用自己的任何一種語言說出的任何一句話，我都能夠負擔。

不容易避開起點的差異，這裡的起點指的不是一個個體的家庭、社會背景，而是在最初，幼小而無知的我們發生同一件事情時，所做出的不同反應。在同一個背景下，也會有兩種截然不同的脾性。是脾性的那種最初，在什麼都還沒有養成以前。這是可以調整的，我相信，只是需要強大的意識與心智，要將自己的原點扳成適合在人群中生存的模樣，也需要受傷。

所以我心疼過，但也沒有辦法無止境地心疼。鬆懈幾次並不要緊，嚴重的是沉迷於鬆懈帶來的安逸，從此再也不去揉捏自我，時間一久，液態變成了固態，沒有人能禁得起對過去太深沉的質疑，不如繼續自欺。而我沒有辦法再選擇心疼，我知道離開謊言很困難，但盡力做一個對自己誠實的人何嘗不困難。人是自己選擇的累積。

活在人群裡就會有暗處，那是每個用不同的姿態相互對待時，必然的凹折，我並不介意。因為我也有。而我也會害怕那裡面某一天會養出怪物，這些是真實的。如果誰始終提著漂亮的眼神，始終從容優雅地說話，而我卻看不見他心裡的皺摺、聽不見他言語中顫抖的部分，我想我沒有辦法喜歡對方。

把暗處的自己翻出來很難，但那是身而為人重要的氣味。無論誰有能力嗅到什麼，都不代表他具有評議的資格。包括我們自己。

囹圄是昨日

遺忘了要在乎
才發現那就是不在乎
知道自己不再在乎了
竟也會心疼

重要的人和事改變了
會不會因此錯過了同樣重要的什麼呢

所有都有限的時候
只有明天是無限的
囫圇是昨日
柔軟也是昨日

霧霧的人呀

想要撥雲見日
必須要讓眼睛裡噙著的淚水落下才行
看不見前方的原因
是因為不敢哭
（雲有時候就在很近很近的地方）

擁有越多
有時候擁有的卻變成束縛
咦
不是自己主動去掙來的嗎
怎麼還是有沉沉的感覺

每一天都在抵達

1

開始喜歡去看斑駁殘忍的那些，被辜負的地方，也有我的醜陋，不是從那裡長出來的，而是發生的事情，變成探照燈，讓赤裸的我顯現。雖然我沒有在第一時間承認。

2

人不能同時抗拒又渴望某一件事，訊號會變得像是麻花辮，送不出去給誰，又把自己繞得一塌糊塗。起初我不知道，我的話語變成堡壘、變成我的城牆，一個人坐在牆內的時候，心滿意足，看見了牆外找進來的樹，才意識到忘了鑿門。重新鑿一扇門是否會動到根本，我不確定。或是爬出去，在新的地方重新砌磚，可能也行，到時候我會記得門的意義與目的。

3

清澈的時候會有一點痛苦的感覺，可是想想每一次都是這樣才看見了更裡面的東西，就會用力抹去眼淚。可以哭，可以模糊，但也可以痛苦，可以清楚。做了這樣的人，才知道每一天在忍耐的是什麼，才知道為什麼可以繼續忍耐下去。

4

說過的話沒有辦法漱漱口就吐掉。所以開始學會準備，自己出題，自己回答。如果說出了沒有準備的話，也是有可能的。那種話會奠基在其他看起來不是在準備的事情上。其實每一天都是在準備。這就是活著嗎。這樣真好。每一天也都是在抵達。

如實

今天線上講座中有人問了我一個問題：如果處於某一種受傷感無法釋懷怎麼辦，明知道這份受傷感中是有愛的，但也真的受傷了。

我說，如果你能夠區分一件事情裡面有愛的成分和受傷的成分，那已經非常值得給自己肯定。受傷感呢，也不用急著釋懷，就讓這件事情發生吧，埋怨、懊悔甚至憤怒，它們都是難以關掉的情緒，因為它們的出現很正常。有很多事情到現在，我也沒有辦法假裝我並不後悔或是已經不在乎、無所謂了。

這些年我感覺到，人們鼓勵彼此照顧自己的感受和情緒，到現在我仍然覺得這件事很困難，願意讓自己的情緒或感受如實地在獨處的時候出現，本身已經很勇敢，就算那份勇敢是來自脆弱。

釋懷好像不是一個漫長的過程，而是一瞬間的事情。在此之前，要先好好地、漫長地受著傷，才有機會遇見那一瞬間。是這樣嗎，其實我也不知道。目前這麼相信著，目前就這麼活著了。

輯二

如果你也和我一樣喜歡貓

你停在我身邊時有好看的、和我一樣的顏色。
我想跟你走。我以為我們是一樣的。
不是。我是蕨類，你是變色龍。
你有遠方，我只有你。

果丁

果丁和她對到眼兩次，她站在不遠的地方，手裡有一杯飲料，不遠，可是看不清楚飲料杯裡裝的是什麼，是冷是熱。果丁想知道她喜歡喝什麼，雖然他很在意她沒有使用環保吸管，雖然他也總是把環保吸管弄丟。她有俏皮的短髮。她在看他。果丁在唱歌，站在街頭，是一個跟人海討飯吃的人。陽光西沉。果丁想喊她的名字，他彷彿覺得自己很久以前就認識過她。果丁和她對到眼第三次的時候，她將手中的飲料杯放下，然後看向四周，做一個自然的退場動作。她穿著米色的毛衣，裸色的長寬褲，沒有看到她穿什麼鞋子，只記得她是短髮。她繞了稀薄的人群一圈，再也沒有看向果丁。果丁很失落。她也是。有一秒她覺得自己能喊出果丁的名字，不是在空地前方的紙板上的「果丁」。但她仍沒有真的猜到。互相吸引需要節奏。快或慢了一拍，就會變得可惜。

「一個人唱唱哼哼，有時候想要有人來和。」直到再也找不到她的身影。果丁故作鎮定地繼續唱著。

蕨類與變色龍

有一股力量要衝破自己的身體，要向前去，但不需要抵達太遠的地方，只是前面一點點而已，可能是下一個街區、下一個紅綠燈的路口。我想要跑向那裡，我想要見到你再經過你，我想要跟你說聲，不要認出我的表情，不要拆穿我。

還好命運沒有賦予我那股力量。我站在原地，彎腰乞求。

你停在我身邊時有好看的、和我一樣的顏色。我想跟你走。我以為我們是一樣的。不是。我是蕨類，你是變色龍。你有遠方，我只有你。什麼是森林的意義，容納千萬種可能也容納千萬個不可能。你會與下一株植物戀愛嗎，你會追著蝴蝶跑嗎。所以不要認出我的羞澀，不要拆穿我的心意。停在這裡的時候，以我的顏色，愛你自己。我的快樂足矣。

也不一定是愛

他伸出手，然後又縮回去。他原本要拍她的肩。他還有許多正在愛著的人，每個人一點點，瓜分掉的不只是心力，還有時間，但是這樣的他很富足，不會因為無法多給另外一個人另外一份愛而覺得自己缺了什麼重要的東西。他和她並肩走在一起，直到最後他都沒有把愛分給她。

愛有時候是有限的——錯過的人，是生活中溢出的部分，無從收斂。我們都是獨立的個體，意思是一定會有必須要錯過的人，因為就算跟誰一起曬太陽，也是各自融化，不會溶在一起。所以不能愛的時候，他說，最後我給了她一顆糖果。是的，你也許會嘲笑我，糖果吃完就沒了，但是我希望她記得，她值得擁有甜蜜的事物，那是我給不了的。就像我擁抱了她，但我沒有吻她（就算吻了，也不一定是愛）。

迷糊的我啊

無法為心事排列出合適的前言
或是堆砌一個餘韻悠長的結尾
想說的太多
而能說的太少

如果不是你
我為何會心動
如果真是你
我為何會心痛

明明我是那麼慶幸自己學會了如何保持距離，
怎麼會同時討厭起自己的冷漠。

如果你也和我一樣喜歡貓

你露出笑容的時候我卻退縮了，這一次我會誠實地告訴你我不能愛的原因。從前我的愛很輕，我要你也一樣輕，我要你對自己的人生有強烈的企圖心、強烈的渴望和想像，我允許你將我放在這一切之外，不，應該說，我要你務必這麼做。因為我無力負擔你為了考慮我的存在而進行的任何調整、最後你也許會有後悔的可能，我不想負擔你的後悔，無論它會不會發生。是的，我很懦弱。

現在我的愛變重了，裡面不只吃飯看電影，還有彼此的生活態度、生活習慣，甚至是彼此的職涯規劃、對感情生活的想像。一顆心的柔軟度與價值觀是否契合對我來說，已經變得一樣重要。對，我想我變自私了。這種要求其實在展現的當下就企及了未來。未來，我以前不在乎的，你的藍圖我的藍圖，沒有重疊都可以，只要我們並著肩，就能牽起手。可是現在我在乎了，我想要去負擔各種可能了，那也包括了長遠的可能。

以前太想要滑順濃郁的感情，要把對方的心挖得很深，確定從頭到尾都是喜歡的口味，才覺得值得。現在終於懂了她曾說過的：「不需要把誰挖得很深，如果我的情人和我一樣喜歡吃中式早餐、和我一樣喜歡傍晚去慢跑、和我一樣喜歡貓，我想我就可以愛他愛很久很久。」因為也許，越深的地方越分歧，所以想要的不是完全一致的心，而是一顆柔軟的心。

想要的不一樣的時候，所摸索到的、認識到的愛的模樣就不一樣了。而那些時候的我們，會有一顆柔軟的心去承接愛變換著的各種面貌嗎。我想現在的我，更在意的是這件事了。因為慾望會改變，而我們、我們之間是否會因為慾望的改變而改變呢。

無料甜湯

多年前有一次去見他，那是我們第一次時隔幾個月不見，走出車站時他站在那裡，一動也不動，只是看著我，他的嘴角揚著笑容，我倒也沒有跑起來，只是按照原來的步伐走過去，耳朵熱熱的。激動的想念的心情，其實在出門、搭車、提著重重的行李時就一一完成，真正見到的那一刻，反而有一種許久未見的小尷尬。

我站在他面前，我來了，我說。他沒有說話，只是伸出左手朝我的右手一拉，我被拉進他懷裡。好想妳，他這才說話。我的臉埋在他胸口，這實在搞得我以後經過這個車站，都會想起這一幕。不過現在就算經過，已經沒有提起或想起的興致了。

人好奇妙，熱烈的心啊，會在生活中冷卻和拆解，因為知道若想起太多，會感到負擔，不如只記得小小的碎片就好，這樣便不會和現況有任何比較。懷念不拖沓，甚至稱不上是懷念。只像是喝甜湯，嚼不到什麼料了，且很快就會消化完畢，在不影響熱量的前提下，偶爾一小碗，就會僅僅覺得曾經真可愛，當然，以後也要繼續可愛。

不同於 青春的情話

昨晚和他談到我們尚未認識的愛的模樣。他說了幾個故事，多數是長遠關係裡可以被理解但已不可逆的歪曲裂痕。不同於青春的情話，人似乎會在愛裡枯萎，進而才會討論、思考，是否要去找重生的契機，還是就那樣葬在泥土裡。

他認真地問我，如果進入、允諾了一段關係，如果知道這是可預想且可見的，是否會因為可見而誤以為它是永恆，誤以為它是永恆，就也誤以為永恆會包容歧途。不是吧，我說，可能最初的他們在心裡都有一份對於愛的追求，只是那份追求因為日子的恆常性而變得穩定時，追求感就會逐漸轉淡，也許在那個最枯燥平淡的時刻，另一份新奇的追求出現，一顆心就散了。

我不確定。我說，我想還沒有到那個歲數，身上沒有這些時間的發生，所以身體裡還沒有足夠的容量去容納那種裂痕。所以現在的我們，十幾歲、二十幾歲的我們，談起愛的時候可以那樣理直氣壯，這些侃侃而談多來自想像與期待，置於多年後也許都會變得不夠切實。不過，現在的我還是會保持這樣的想像，至少以此督促、提醒自己，我曾經願意為這樣的關係努力。

他嘆了一口氣，然後說，儘管如此，在聽見這些四十歲、五十歲的故事後，會開始害怕進入關係，因為害怕這是定數，害怕當身體的容量足夠大時，就必須要納進一顆如覆水般難收的顫抖的心。時間到底給了我們什麼呢。

那我們這樣叮嚀自己好了，我想了想，說，我們往前看的時候，不要去看他人受傷的結果，而是要看著前方自己想要的東西。經驗會成為捷徑，有時候也會成為絆腳石。我們得學會分辨，而非排拒，因為真實的我們、真實的人生，是需要理解一些複雜的事情，才能真正享受單純；因為所謂自己的未來，就是世界上最大的黑洞，光是閉上眼睛，對它進行想像，嗔癡愛怨都會被吸進去。

那，既然要被吸進去，就一定要帶上一點類似於抗辯的努力才可以啊。至少是親自試過，才會願意這麼說出口——這就是我所認識到的愛的模樣。

「噢，親愛的。時間是一隻沒有眼睛的獸，
它吃掉的東西只有我們看得到，
它只負責張開大口，
而我們要負責睜開眼睛——要活得有感情。
當然，我們若要活得有感情，就會很難忘記。」
「所以難免會有冷漠的時候。」
「嗯，所以難免會有冷漠的時候。」

學姊的祕密

和學姊認識邁入第八年了，初次見面是十九歲，進入新學校開始新的大學生活時。

不過第一次開始對學姊有印象並不是在新生訓練或新生宿營，而是第一次期中考的前一週，某堂課下課，學姊在教室門口等我。學妹，她喊了聲，我要給妳歐趴糖，然後她遞上來一個漂亮的小袋子，裡面有許多糖果。噢，謝謝學姊，我說。

後來，學姊會關心我考試考得如何、如果有不懂的都可以問她，甚至會問我需不需要哪些學科的筆記。記得大四上談判課的時候，實在太難了，我終於伸手向已經畢業的學姊借筆記，學姊二話不說，沒兩天就送來完整的上下兩個學期（也就是一整個學年）的筆記，上面是精要而工整的字跡，還有已經畫好的重點，我小心翼翼地翻著她的筆記，並打從心底佩服她總能夠有條不紊地整理她身邊的一切，包括她自己。

這幾年，無論我出書、搬家、談戀愛、失戀、曖昧無果或是在工作上遇到挫折、生活上遇到瓶頸，幾乎都有學姊的陪伴。認識學姊的時候還跟家人住在一起，從對家的認知變得破碎，到我終於買了一組自己的傢俱、重新組裝家的概念，那天學姊走進我改造過後的租屋處時紅了眼眶，她說，妳走了好多年，辛苦了。我們知道還沒走完、還沒走到最想去的地方，但那一刻我知道她都看到了，我的脆弱、我的堅強，我想說但不知道怎麼開口的。我一直這樣依賴著學姊。

第一次聽到學姊的困難是在幾年前，她正在考慮要不要結婚。在認識我之前，學姊就有一個剛交往的男朋友，我幾乎沒有看過這位男朋友（雖然不同校不過為免混淆後面以學長稱之）。考慮要不要結婚的時候算一算，交往也有五、六年了。為什麼會做不出決定呢，我問她。

「因為怕自己不夠成熟去擁有另外一個身分。」學姊說。

「但我覺得成熟應該不是什麼都會，而是知道如何冷靜從容地面對生命中的各種變數，我們都會有情緒、會害怕，而成熟的人會讓情緒發生，但不讓它操控自己。」我說：「在我心裡，妳已經是足夠成熟的人。」

當然，我的話絕對不是讓學姊最後決定跟學長結婚的主因。

學姊說，她願意步入婚姻的那一瞬間其實平凡得不可思議。某次她下班，學長去接她，學姊坐在副駕駛座，隨口說了一句：「我對未來其實很害怕，怕我還沒有能力處理那些複雜的、我還想像不到的問題。」

學長沒有看向學姊，只是專心地看著前方，手溫和地握著方向盤：「不要怕，我也是妳一部分的未來，妳害怕的事情可能我也會害怕，但妳還有我呀，我們可以一起解決。」

學姊說，學長太專心開車了，都沒發現她泛紅的眼眶，還有那心裡默默允諾了的：我相信你就是我能夠一起走一輩子的伴侶。幾個月後，他們去登記了，婚宴在明年或後年。他們不是追求浮誇婚禮的人，有共識等事業穩定了再來規劃婚禮。

上週末學姊出了嚴重的車禍，今天我去看她，學長貼心地帶我上樓，我和學姊獨自在病房裡閒聊了一個下午，學姊除了分享一長串學長是神隊友的事蹟之外，她說到學長最近在準備一個重要的證照考試時，忽然淡淡地說了一句：「我覺得他很帥欸，我指的不是外貌的那種帥，妳知道我的意思，我想說的是，我很欣賞他。」

「欣賞。」我重複了一次。原來這就是學姊和學長的相處一直讓我感到欣羨的祕密。

「談戀愛的時候，很多粉紅色的泡泡。可是要面對人生課題的時候、要面對他自己的時候，粉紅色的泡泡就不管用了，他對自己的態度會影響我看待他的方式。」學姊說：「戀愛跟婚姻長得完全不一樣，戀愛是一個感覺，婚姻是一個選擇。」咦，這不是跟Sandy說的「喜歡是一個感覺，愛是一個決定」有幾分神似嗎，我在心裡想著，學姊簡直親身示範這句話。

「欣賞不是崇拜，也不是喜歡，欣賞就是欣賞，不是結婚了或交往久了就一定會消失，它可以一直存在，也需要一直存在。它是親密關係裡重要而關鍵的元素之一。」學姊繼續說。

「所以一份感情有著欣賞和尊重，才有可能走得長久吧。」我淡淡地說，學姊點了點頭，我們相視一笑。當然，一份感情要走得長久不只是需要愛、不只是需要這些，還有許多未提及的。只是今天坐在病房的大窗戶旁，和學姊一起看著日落的時候就覺得，我在同輩中少有看過那麼長的伴侶關係，學姊和學長戀愛加結婚有十年，雖然日子還很漫長遙遠，但至少長期親密關係的秘密，我偷偷學到一點點了。

在看到從一而終的感情時，有時候會羨慕，有時候又會興起撿貝殼的心理，不知道下一個會不會、有沒有可能更好。但我想，年輕時除了在相對短暫的感情關係中學著敢於辨別自己想要的感情模樣、拒絕自己不喜歡的以外，也要學著理解長期關係的經營，再親密、再不可分割、再認為會一直走下去的兩個人之間，仍需要界線、需要尊重、需要欣賞的眼光。雖然有時候會誤把不適合錯認為經營得不足夠，或是因為太契合而疏忽了需要保持的尊重和欣賞，該怎麼辨認，仍是難題。大概是如此，才值得學習。

學姊是淡雅的人，看著她恬靜的臉蛋，我想起我們都離開校園後的某一次相約，學姊跟我說起我們的相遇之初：「我也不知道為什麼，見到妳就想照顧妳，不是覺得妳需要被照顧，而是覺得妳值得我珍惜妳。」

事實上是學姊珍惜著自己身上的每一份感覺、身邊的人的每一種面貌，我才有機會被這樣的她捧在手心裡呀。謝謝學姊，希望妳早日康復。下週再去看妳，妳結婚也要去看妳，妳生小孩也要去看妳，因為妳也值得我珍惜，我要當妳的跟屁蟲（失控的學妹）。

「喜歡是一個感覺，愛是一個決定。」此句出自吳姍儒《我的存在本來就值得青睞》。

一顆酸糖果而已

他和我聊起他們分開的原因。

那是十幾年的感情。兩個人在一開始就都有自己的病斑，他們以為如果能在未來看得到對方，也就能在未來看見病斑退去的自己，所以決定一起走著、愛著。是太想要辯證愛情了也許，辯證愛情的偉大會降臨在搖晃的身上，接著就算失敗了，也不能放掉已經付出的時間，會太像背叛自己的選擇。她的幸運是可以安心地做好所有不安的準備，可能那也是她的不幸，我說——從此她會知道，愛不會只需要下定一次決心，從此她知道付出的就是付出了，縱使面向過去才能看見他，她也要面向不再有他的未來。

為什麼那是不幸呢，他問我。因為我怕，她下一次要愛的時候，會把這十多年的經驗當作堅不可摧的量尺，我說，我還是希望，當她知道付出和回報並不相同之後，仍願意為自己想要的感情努力。

人的心會起毛球，因為怕太光滑會留不住想要的東西，起了毛球後卻又看不見自己想的到底是什麼，這是成長的矛盾嗎，就像我們明知道下一次遇見的人會是新的人，仍然難免依照過往的經驗去和對方相處。

不過這一次想起她的時候，我有一種不同感覺：當不知道該不該聽取經驗的時候，也許可以把每一個經驗都當作是糖果，有的甜、有的酸，有的軟、有的硬，我們用甜的珍惜所愛的人，苦的當作提醒，或甚至，多年以後，酸的會變成甜的，並且能夠傳遞給對方。這一次的我似乎相信，那已經不是不幸，而是一顆酸酸的糖果而已。

這普通的一生

想不帶寂寞地再愛一次。還未沾染自己的俗念的愛，想那樣地給出去。啊，不是的，這可能就已經是件俗氣的事了，要去說喜歡一個人、想念一個人。但怎麼說呢，心中有你的時候，我就甘心變得普通了。因為知道你也是。如果有煩惱、會痛苦，那表示已經來不及拒絕美好事物的出現。當我們有了開始，我們就要一同準備去過這普通的一生。

有時候感到沮喪不是因為被現實，
而是被刻薄所傷。
就像付出是因為在乎，
而不是為了展現能力。

落成

和她聊到愛與生活的矛盾。

「有時候並非對方做錯了什麼，可能只是他在開車的時候會瘋狂碎碎念、緊急煞車的時候會罵髒話，可能只是在外面吃飯的時候他會不顧場合誇張地大笑、不在意說話音量，可能只是他第一次見完我的朋友後就開始給予評價，也可能只是他每次回家都不換衣服就直接往床上躺。但是啊，明明當初是因為他日夜不分地照顧發高燒的我並且毫無怨言、是因為下雨的時候他會把整個傘撐在我的頭上自己幾乎淋得全濕了、是因為他聽得懂我的難關、是因為他正直善良，當初是因為這些我才動了心甚至愛上他的。」

那時候我們坐在小沙發上，說不出足夠為彼此解惑的結論。以前啊，覺得愛是愛一個人的原型，現在則覺得，愛是愛一個人的養成。

像是盆栽也有它的生態，那是流動的，人也是，身體和心、眼神和表情，我想我在乎的再也不全然是「他本來就是這樣的人」，更多的是「他為什麼會是這樣的人」，而我會喜歡上的也不再只是此刻的他，更是他身上許許多多的「為什麼」——是喜歡你，和組成你的所有原因。然後慢慢地，我也想要開始去這樣在乎自己。

未開的口

和他聊到他與伴侶之間巨大的差異，他們能夠誠實地將自己的需求、期待、願意討論與妥協的部分攤開來細聊，我心裡很觸動，忍不住說，會不會這就是大人的愛情啊：大人的愛情，是把彼此的需求告訴對方；而小時候的愛情，是努力地想要符合、完成對方的需求。釐清自己要的是什麼，儘管每個階段可能並不一樣，仍需要對自己挖探的根本原因是，愛的其中一個巨大阻礙是自己模糊的心。後來又跟他聊到某些感情裡無法言說的部分，也許來自社會期待、來自同儕差異，這些組成自己的元素中，有些正巧成了受傷的來源，所以才這樣寫下——

有時候會很心疼
那些不能或是不敢說出口的話

是不是堆積在心裡變成一種傷
任誰也無法踐踏的時候
就只剩自己在傷害自己

所以心疼
未開的口
都是傷口

早上醒來後想著，我能給的也許只是深夜的一通電話，但是你呀，要走的路還那麼那麼長（當然我也是），如果獨自走得累了，請再打電話給我。

生活與遺忘

席間他們討論著離婚協議書，一項一項要分清楚乾淨，甚至一台冷氣、冰箱，還是要變現。時不時又會聽他們談起自己年輕的青澀模樣，騎車超載如何躲警察、誰嫁去了哪個城市才又連絡上。我聽得有點恍惚，想著這二十、三十年之間，他們發生過什麼，生活的重量是不是終於比愛情沉重、比愛沉重。他們會說到「喜歡」和「討厭」，但不會討論到「愛」。例如，他還是一個滿值得喜歡的人、只是現在的他真的好討厭。

她說了一個丈夫與女兒的故事，某次她與丈夫吵了一個長架，將近一個多月，關係一直很疏離，基於情緒，丈夫每天都板著一張臉，看到正在讀國中的女兒回家，也是會先罵幾句，漸漸地那陣子，女兒開始想要晚一點回家、再晚一點回家。丈夫就更生氣了，覺得全家人都不願意跟他說話。她發現女兒的異狀可能來自丈夫後，就打破沉默跑去跟丈夫說，我們吵架是我們的事，你這樣會傷害到女兒，女兒每天看到你板著一張臉，才會不想跟你說話。當然，這次的談話中還說參雜著許多新新舊舊的情緒和脾氣。

不過，那天女兒回家前，丈夫竟然傳了訊息給女兒，說希望今晚她早點回家，有些事情想和她好好談談。女兒戰戰兢兢地回到家，丈夫說，妳先吃晚餐、洗個澡，舒適自在地我們再來說說話。那天晚上，他們獨自聊了很久，她說她在樓梯間偷偷看到，丈夫誠懇地為自己的遷怒跟女兒道歉，最後兩個人抱在一起哭。她還是很生丈夫的氣，在她與丈夫之間仍有很多未解的問題，但那一刻她很佩服和慶幸，還好自己嫁的是他。

把離婚協議內容拿出來的另一個她安靜地聽，沒有說什麼。後來我才知道，他們決定要離婚的原因，一句話說不完，沒有人愛上別人，而是兩個人杵在同一份愛裡，太擁擠，把愛消磨殆盡了。

這幾天想起那個簡短而意外的聚會，忍不住困惑，生活是不是會讓人遺忘，遺忘愛的原型是自己，我的意思是，一段長期、穩定的關係裡，大多不再頻繁地談愛，會談的是，彼此（在每一個此刻）是一個怎麼樣的人，是那樣的我們產生了愛、是那樣的我們消磨或是留下了愛。

人們要的是什麼呢，或是說，在婚姻裡，人們踏入婚姻時在想的是什麼呢。我再次想起母親曾和我說過的：「一段關係真正的結束不是壓力把誰壓垮、不是把愛弄丟了，而是兩個人停止溝通。溝通是很耗費心神的，所以當生活中的煩惱太多、現實壓力太大的時候，許多伴侶會選擇暫時放掉溝通這件事，但是情緒會累積、矛盾會累積，當兩人不再溝通的時候，就是在遠離彼此了。」

在窗邊的午後想起這些，不太像以前會想到一些比較傷痛的事情，也許是傷口在身體裡的某一處找到了它自己自在舒服的位置，而我不再需要去打擾它以確認它是否存在。

看著飄過的可愛雲朵，就覺得這些我要寫下來，因為我不想忘記，允諾的那一刻其實希望的都是珍惜的心。

懷念的模樣千百種，
慢慢地，
你的臉也和他、和他們她們的臉揉在一起，
我再也無法直指誰的姓名，
因為我的心啊，
已經有了更在乎的事情。

大膽又曖昧

今天很榮幸能跟怡慧老師對談，印象非常深刻她說了一個故事。

有一次她在課堂上講李白的〈長干行〉：「我覺得李白的詩裡，其實女性的意識是很先進的，他的詩裡認為女生是可以走出房間、到幾百里外的長風沙去等待她的丈夫，如果妳想念他，妳就走上前去迎接他等待他，李白甚至走出了吳爾芙的房間，這是很勇敢的，我覺得、也相信愛情裡需要這份勇敢。這很動人。」

說著說著，沒想到一個女同學舉起手，跟她說：「老師，謝謝妳說了這個故事，我的書包裡有一封寫好很久的信，但我一直沒有勇氣送出去，我決定今天要偷偷放到我喜歡的人的抽屜裡。」

那天怡慧老師為了成全這個女同學，甚至要求大家五點一下課就必須準時離開教室，讓這個女同學偷偷去放她的信。

「我覺得她大膽又曖昧，大膽的是她願意去坦承自己的心意、願意把自己的心意投遞出去，而曖昧的是，她又希望是偷偷告訴那個男生，是偷偷地，但是要送出去，這是很撼動我的，這太美了，她的心意，我完全沒有想到〈長干行〉能帶給一個女孩這樣的勇氣。」

我在旁邊一直起雞皮疙瘩。愛情一直以來都是既濃烈又迷幻又需要夾雜現實元素和適量理性的主題，我說起來有點生疏，心裡卻充滿悸動。勇敢是多麼耗費心神的一步，踏出了之後，無論好的壞的結果都必須要承擔，好的或壞的結果裡又會繼續產生新的需要勇氣的事情：經營一段感情或處理受傷的情緒。必須帶著願意的心，才可能提起腳步。

靜靜地喜歡也是一種愛情，它綿長溫厚，在未開口以前，盡頭只在自己身上，而開口以後，盡頭在自己之外，有時候需要與他人共享、有時候需要與時間共享，再也不能被單純地測量，而自己也從此有了不同的愛的模樣——要嗎，你要嗎，問過自己無數次以後，才終於將一部分的自我分送出去，那是在世界面前，最珍貴的東西，而你願意給，無論對方願不願意收，你願意給，你已經比你的心意還要珍貴。

傷口結的果

她心裡也不確定是不是這個人，沒有不喜歡、沒有不愛，但是要走一輩子的話，她無法確定。

「好聽的話我聽過了、也相信過，我知道那就只是好聽的話。」她說。

人們以為說了就會擁有，但當花上心力、時間去實踐是很消耗熱情的，到那個時候，好聽的話還會好聽嗎，她不知道。我忍不住說：「這樣看來……妳很理智欸，沒有一頭陷進去，還會想要多觀察一下。」

她沒有馬上點頭同意：「但，好像不是理智拉住我。」

「那是什麼拉著妳，沒有讓妳陷進去？」我問。

「是曾經的結果。」她認真而淡然地看著我。她的表情是因為受過傷，才能如此平靜。優雅的表情是傷口結的果。

陽光從她身後的落地窗灑進來，掛在窗邊的植物讓地上的影子有漂亮的形狀，她喝了一口手邊的白開水，臉上是沒有補妝的唇色，她仍然很好看。而我除了欣慰，也感到心疼。

颱風夜

印象中的外公走起路來會一拐一拐地，聽說是很久以前出了車禍。外公在我小學的時候就去世了，對他的印象不深，只知道他總是板著一張臉。

高中的時候，有一次和張凱吵架，當時父親母親都不在家，我氣得走出家門，隨手抓了兩百塊跟手機，不知道要去哪裡的我就這樣走到了客運站，隨便搭上一班車，那是我第一次獨自搭車到台北，當時台北車站的客運停車場很黑，需要走一段路才會到明亮的鬧區，京站才剛開沒多久，我一個人走在亮晃晃的京站裡邊哭邊搞不清楚自己是還在生氣還是因為迷路。Nokia6060 一直傳來震動，紅色的訊息燈一直閃，我知道是父親和母親，還有家裡電話，但是我沒有接也沒有回，訊息都在問：「妳在哪裡？」我只想要躲起來。

後來我被剛好來台北辦事的乾爹乾媽載回家。回到家後，我記得母親也沒有生氣，只是熱了湯給我喝，我們坐在小小的餐桌前，她請張凱和其他妹妹們一起坐下，跟我們說了外公的故事。

有一次外公跟外婆大吵了一架，外婆生氣地甩門離開房間，房門外好一陣子都沒有聲響。後來屋外下起大雨，外公才想到那天有颱風，當時已經很晚了，外公怕外婆太生氣出去時沒帶到傘會回不了家，於是急急忙忙出門，騎上機車開始大街小巷地找外婆，就是那一晚，外公在某個路口出了車禍，永遠跛了一條腿。在醫院裡醒來後，外公問外婆，妳到底去了哪裡，外婆說，我一直都在家裡，只是氣到在別的房間睡著了。但是，母親的口吻變得有些哽咽，她說，從此，外公家的人怨了外婆一輩子。

「所以，妳可以想要躲起來、不想被找到，但妳至少要讓有人知道妳是安全的，一個人也好。通常一個屋簷下會吵起來的人都是彼此相愛的人，在氣頭上可能無法回應那份愛，但至少盡量讓對方心安，再去好好地生氣。」母親說。

從此之後，我與任何親密關係裡的爭執，都會這樣叮嚀自己，跟張凱無論怎麼吵，我們都會傳訊息跟對方說「在公園」、「沒走遠」、「晚回」等等，之前與伴侶有所爭執也會選擇待在不同空間一段時間後（我通常會跑去洗廁所然後把門反鎖）相互冷靜再談。

忽然想起這個小故事，有點苦澀，但是如果外公外婆嚐過的苦澀，來到自己這裡之後可以變成保護或是延續感情中美好本質的其中一個小關鍵，那麼我就應該要深深記下來。經驗的流傳就是為了讓天生有愛的我們能夠愛得更成熟溫潤吧。

因為愛不是一天兩天的慶祝，是生氣的時候會擔心妳沒有帶傘、會不會回不了家，也是在銳利的情緒面前不要讓對方擔心，是這樣地珍惜。照顧一份愛其實很不容易，是許多細節的累積，流失一份愛也是來自許多細節的流失。享受愛的快樂時，也要照顧愛的尖銳。

總而言之，雖然外公和外婆都不在了，但是在那遙遠的颱風夜裡，還好沒有發生更遺憾的事；在未來我生命裡會遇到的無數颱風夜裡，我會一直想念他們的。

我要再愛你一次
就算在那之前
愛已經發生過千萬次

獨立有時候更親密

早上陪母親在醫院等診的時候，遇到一對老爺爺老奶奶。

老爺爺拄著拐杖，看上去六、七十歲。護理師小姐拿著藥包走過來，本來要仔細對著老爺爺叮嚀，老奶奶和善地示意：「跟我說就好了，他會忘記。」於是護理師小姐將注意事項一一告訴老奶奶，老奶奶說，怎麼稱呼妳呀。我姓汪，護理師小姐說。汪小姐，謝謝妳、謝謝妳，老奶奶邊說邊站起身，邊跟護理師小姐道別。

老爺爺右手握著拐杖，對已經站起身的老奶奶伸出左手，手心朝上，有點撒嬌的眼神，要老奶奶去扶他。大概是老夫老妻了，老奶奶一眼就明白，她沒有伸出手，反而將藥袋收進包包裡：「你自己站起來。」老奶奶說：「我們都還可以自己站起來的。」

老爺爺似乎有些沮喪，他將左手放下，施力點放在右手的拐杖上後站起身，看起來不太費力，更明確印證了剛剛的撒嬌心理。老奶奶走在前面，老爺爺跟著。老奶奶放慢腳步，把包包的拉鍊拉上，然後將包包移至左邊的腰際，空出右手，接著她牽起了老爺爺剛剛縮回去的左手。老爺爺的表情一直冷冷地，被牽起後也沒有露出明顯的笑容，但我相信老爺爺的心裡有在偷偷笑。

想到老奶奶認真地聽護理師小姐說話的眼神、要老爺爺自己站起來的表情，和最後牽起老爺爺的背影。每一瞬間都微小又強烈。覺得好幸福，好像看見了愛的細膩——我沒有牽你的時候，是因為知道你需要獨自站起來，但我會記得你忘記的事，我會等你。然後，再牽起你的手一起往前走。真好，知道對方需要什麼、自己能夠給出什麼，也知道各自獨立有時候更親密。

見學姊 小記

1

半年前學姊車禍受傷後，這是第三次見面。第一次在病房，第二次在她家裡，第三次約在小小的咖啡廳，她走進來的時候，我有點藏不住激動。當時她的左膝蓋是開放性骨折，完全碎掉。今天的她步伐平穩自然，儘管如此，說起可能再也不能進行最愛的登山活動時，她的眼睛裡仍有淚光。

「就像快樂的開關被關掉了。」她說：「妳知道世界上還有其他好玩的事情，但妳也知道，自己最喜歡的是這個。」

我說不出安慰的話，只是看著她，覺得人的身體好脆弱。小時候是這個身體帶著我們的心靈去認識世界，長大後，好像變成那個必須不斷更強大的心靈帶著我們的身體去面對各種生命裡實質意義上的脆弱。

2

學姊說前陣子遇到一個傷心的但與她的生活圈較無關的消息，消息發生的當下她跟學長（她的先生）一起在外面辦事，直到回到家她才知道。她很快地發現學長在第一時間就已經知道了，於是問學長：「你怎麼沒有在第一時間告訴我？」

學長說：「因為我知道妳會很難過，所以不想太早告訴妳。」

「我當下愣住了，不知道怎麼說，但我想記得這個感覺。」學姊說。

「我聽得心裡酥酥地啦，」我笑著說：「學長把妳的情緒放在壞消息的前面。這是一個被愛著的瞬間。」

學姊輕輕點了點頭，眼神靜靜看著窗外。愛始終柔軟又尖銳，兩人超過十年的感情，有些被磨平了，有些仍沒有變。看著學姊清淡的臉，覺得所有模樣都迷人，她一直是這樣把學長的心意放在手心上珍惜著吶。

3

跟學姊分享看到曾經某任伴侶生寶寶的消息，胸口沒什麼起伏，像在說別人的事：「離那個岔路口太久了，久到回頭看時，那已經變成一個普通的路口。」

最大的感悟仍是，每個人啊，大概都是在找那一個可以跟自己一起完成對人生的許多想像的人。戀人、朋友、工作夥伴，也都是因為這樣陪著彼此走了一段又一段的路，有些人會在岔路口道別，有些仍然親密。

今天道別的時候我們深深擁抱對方，然後轉身回到各自生活裡的重重難關與浪漫。

世上的所有都藏著暗號，
對陌生萬物的每一次撫觸，
都讓我遇見你時能一眼就認出你。

你也是
這樣嗎

有些話變成書裡的折頁
如果你願意翻開我
才會看見
如果沒有
那就只是不會打擾到你的脆弱的突兀
它比其他的篇幅都還要容易泛黃
單薄地更容易受傷

可能因為
我的本質並不是童話
若有人自書架取下
大多不是因為嚮往
而是因為百無聊賴的人生啊
用一分鐘經過我也無妨

可能有一天
我會將折頁攤平
這些時光會被收進床底的木盒子
灰塵無法沾染它
它也無法在繼續轉動的現實人生裡
變得更重要

可能有一天
我會忽然、忽然才發現
它在最重要的時候
是我那混亂的雙眼
來不及聰明地辨認出
你也是這樣

是嗎
你也是這樣嗎

錯過

錯過一班公車
行程被稍微打亂
還是能從容不迫地把這一天過完

錯過一個人
卻會想要站在原地
想要知道
他會不會回來

你不需要說太多的話

被街頭藝人的歌聲吸引，隨性地坐在一旁聽。她說，她看到一個女生回過頭看了一下，感覺是想要聽，她就被伴侶拉走，女生離開前又回頭了一次。

「下一次談感情，我不會想讓這一刻發生。」她說：「如果對方不能懂我為什麼想停下，也許單身比較好。」

我想了想：「我也不會讓這一刻發生，但我會告訴他，如果你不想聽，可以先去逛逛，可是我要留下來，等等再去找你。可能我比較自我。」我說：「我不想放掉這件事，這種浪漫也許很小，但我不想因為誰而放掉它。」

仔細想想，雖然說自己自我，但更自我或是說更私我的可能是，我的內心仍希望伴侶能在我被好聽的歌聲吸引時，也停下腳步，他不需要說太多的話，只需要陪我這樣聽著，就好了。

理想生活不過如此：
覺得可愛的時候就說可愛，
想躲起來的時候就躲起來。
想要被愛的時候，
會知道有人正在路上。

牢不可破

相約的地方很舊
人也很舊
感受卻很新
少一個人或多一個人
說的話都會不一樣
歧點都在小事裡面
不知道要不要讓它過去
又難以忘記

有一次她在陽台抽菸
另一個她安靜地坐在屋內流眼淚

屋內的她說
妳可以有妳愛人的方式
但妳不可以拿愛來傷害別人
陽台的她沒有說話
菸的味道忽濃忽淡
她的高跟鞋在門外

那天晚上
他第一次想當一個小偷
偷走她的高跟鞋
讓她沒有辦法回家
只能一直沉默地抽菸
他喜歡看她不知所措
「表示我做對了什麼」

他說
也表示裂縫中沒有橋
太洶湧的東西
會兩敗俱傷

他很久沒有哭了
不被愛或是被狠狠傷害
都有能夠應對的辦法
那天卻只是想念一個人
就止不住眼淚：
感覺不到有人疼愛
怎麼會讓自己變得這麼空洞

明明從來不是需要討愛的人
明明相信越柔軟的心越能減緩疼痛

明明，已經允許記憶變得有機
重心為什麼還是會往傷口偏移

「因為發生過的事情
本身就牢不可破」

人們終於學會了
距離也是一種愛
所以開始懂得把真話藏在好聽的話裡面
好聽的話不是謊話，但也不是真話
好聽的話是距離
保護彼此的安全，畢竟
「太洶湧的東西
會兩敗俱傷」

其實還是不知道
是先有成熟的心智才能夠去面對創傷
還是先有創傷才能夠擁有成熟的心智

只知道陽光很舊了
雨也很舊
沒有被偷走的東西
也會因為變得不再重要而模糊

於是我是新的也是舊的
年復一年
於是他們是新的也是舊的
日復一日

穿越時間與人海的感覺大概像是喝一杯熱咖啡，
味道不會越喝越淡，
但一定會越喝越冷。
有些人會暖你的手，
有些人會換一家店。
無論如何，所有都會沉默地繼續下去，
在喧鬧的快樂傷心以後。

路上 小心

她打電話來的時候明顯在外面，車聲轟隆隆。

「妳在忙嗎？」她問我。

「我正在吃東西。」我說。

「可以聽我說話嗎？」她又問。

「當然，如果妳不介意咔呲咔呲的聲音。」

「我不介意。」

「我不知道，愛的具體付出是什麼。」

「有時候愛的表現可能只是調整自己，而不是付出具體的什麼。」

「我不想要妳受委屈。雖然這是不可能的，感情裡一定會有委屈的時候，所以我在乎的是，妳的委屈有沒有被在乎。」

我說這句話的時候，聽到她在哭。

「我會太小題大作嗎？」她問。

「很多很深的東西都是先從很小的地方看見的。」我說：「對妳來說造成太多影響了，就不是小事。」

「為什麼要考量和在意的事情會越來越多？」

「因為妳希望有一天能為自己負更多的責任。人都是往為自己的人生負起全責走去。」

「所謂的契合到底是什麼啊。」

「以前我覺得是兩顆一樣願意的心，現在更多的是，除了願意的心，還有要跟自己感受愛和接收愛的方式相似。每個人心裡的程度都有差異，所以至少是要相似的。」

「其實妳是有理智的。」我說。

「但我也是有感情的。」她說。

這一次換我沒有再接話了。人的幸福之處就是能有所感受吧，而那也是人的辛苦之處。只是最近總覺得，比起找到所愛的事，人們迫切在尋找的，更多的好像是能夠確定的事。

掛上電話的時候她仍站在路邊，我仍聽得到車子轟隆隆的聲音。通話結束後她要自己走回去，那些矛盾、那個地方。我說，路上小心。

做個能夠給予的人，
有時候不是要給出什麼了不起的大東西，
而是能夠在對方需要的時候，
付出一個剛剛好的自己。
需要也值得萬分用心去學習：
愛的付出有時候只是把自己照顧好。

愛把你的毛孔
打開了

1

有時候會說
「像看到以前的自己」
我覺得這是個壞習慣
要改掉
因為也許那個人會做出
比我更好的決定

一年、兩年、三年
「我已經不能這麼天真了」
沒有說出這樣的話是因為
心裡仍然謝謝那些天真
帶著這些感謝而有所改變
跟否認曾經的自己
是不一樣的

2

學習做最壞的準備
如果、如果
那麼我會如何、如何
思考這些的時候
竟然不覺得自己悲觀
反而開始有一點喜歡

原來我真的能夠允許
未知裡藏著壞的事情

3

前幾天夢到一個吻
輕輕、綿綿的
在移動的火車車廂裡
看不見對方的臉
雖然也記不得他的聲音
但我記得他說
「抱歉，我只是覺得，現在適合親吻」
「噢，不要抱歉，我也覺得適合」
然後我說

夢裡是一個清晨

火車剛開過山洞
天正要亮起來
所有都重新開始了

4

氣球已經飛去很遠的地方
不知道有沒有破掉
只是如果破掉了，我也看不到
如果被誰撿起來了
我也看不到

5

喜歡說話的時候心變得軟軟地
因為知道那不只是在對著一個人說話
而是我的靈魂
觸碰到了另一個靈魂

「愛把你的毛孔打開了」
我忍不住說
有時候是我們主動地打開五感
去感受愛的各種面貌
有時候則是
愛將我們的毛孔打開
讓我們必須去感受到那些、更多的
未曾感受過的事

獻

我把我的心獻給花，可是花有花季，它墜落我也墜落。我把我的心獻給雲朵，可是雲朵不能承重太多，它哭泣的時候，我掉進泥土裡。我把我的心獻給半夜的路燈，它照亮了我，也照亮了我赤裸的一切。我開始奔跑。我不知道那是不是逃走，但我確實跑了起來，也許是要抵達某一個地方。我不知道。我只知道我試著向更多的其他獻出更多的我，是因為我不敢獻給你。那都是你會經過的路、你會看見且愛惜的事物。當我想要被愛惜的時候，我把自己獻給它們。

巷子

確實是從那一天開始不一樣的。是那個夏天，搬到那個街區才半年，但我已確信有一些巷子在只有我一個人的時候不會走進去，就算開了新的小店。我不走進去，開了新的店也不會知道。我有可能永遠錯過美味餐點，但沒有辦法，我最初認識那個巷口的時候，我們就拒絕彼此了。

那天的午餐我吃了早餐沒吃完的三明治，然後去散步，其實是想買飲料。你喜歡什麼飲料呢，沒有問過你，你也沒有說過。不知道是我不敢問，還是你不想說。太小心翼翼了，真不好受，但又不知道該怎麼落落大方。

太熱了，我忘了改成正常冰，我習慣微糖去冰。如果你問我，我會告訴你。但是你也沒有問。

大概是那種，什麼都沒有發生的感覺，讓我覺得苦澀。所以想要讓什麼事情發生，壞的事情也可以。你看，我為什麼會寧可傷害你，也不要走進那條巷子呢。於是我說了一大堆鬧脾氣的話，你說你可以理解，也許是我心情不好。我討厭我的壞脾氣傷害了你，我說。我知道我在為自己找台階。別擔心，妳並沒有傷害我，你反過來安慰我。我討厭你這樣。我討厭你願意說出安慰我的話，卻從不願意對我的喜好好奇。

就算我這麼生氣，還是沒有轉進那條巷子。我站在路邊的行道樹旁，讓太陽不要直曬在我身上，我總是害怕在世界面前曝光太多，可是又渴望被你看見更多的我。我渴望被你好奇啊。我到底要走出去還是躲起來你才會想要靠近。

那通電話裡你的聲音真的太好聽了，好聽到我忍不住流下眼淚。為什麼你的聲音越好聽，懷裡的悶氣就越散不去。我討厭自己這樣。我來回踱步，但就是散不去。

雖然你看不到我的表情，但是你似乎什麼都知道了。那天以後，你再也沒有打電話來，我同樣再也沒有打給你。我仍然能從社群上看見你，見了誰、吃了什麼。你也仍然這樣看著我。或是，你從來沒有看向我，你只是隨意地瀏覽著社群上的每一個人。

幾年後我搬家了，某一次深冬，我經過那個街區，我仍然沒有轉進那條巷子，從巷口看進去，就知道裡面有了新的小店，甚至還多了一塊綠地。整體變得明媚美麗，但我沒有逗留太久。轉身離開的時候我發現，原來自己就是那條巷子。

你從一開始就錯過我了，就算我已經站在你面前。裡面有再有趣的東西，你也不會走進來，就算完全換成新的我，你也不會。你跟我是同樣的人啊。我怎麼能怪你呢。

「吶，對不起，是我傷害了妳。」你說。

「你沒有傷害我啊。」我說。你只是不喜歡我。

如果矛盾不會消失，
希望有一天能夠因為愛著某一個人
而有所軟化。

同

「伸手撫摸不到你的臉，也仍然記得你的五官。」

時間裡藏著萬千扇門，每個人都握有各自的鑰匙。若有人來到身邊，那一定是在遇到彼此以前，某一個很遙遠很遙遠的從前，你就已經在某一個不起眼的時刻，和我打開了同一扇門。

生生不息

讓我把一部分的自己給你
裝在你的口袋
有時候你可以收進衣櫃最深處
如果你覺得疲憊
有時候你也可以
放在書桌前
如果我可以陪伴你
那一部分的我
會因為你的心意
生生不息

輯三

跟你分享一片我剛烤好的餅乾

每個人的身體都有洞，
有些人穿過你、有些人堵塞你，
有些人只是站在那裡，
從未觸碰到你，就能讓你熱淚盈眶。

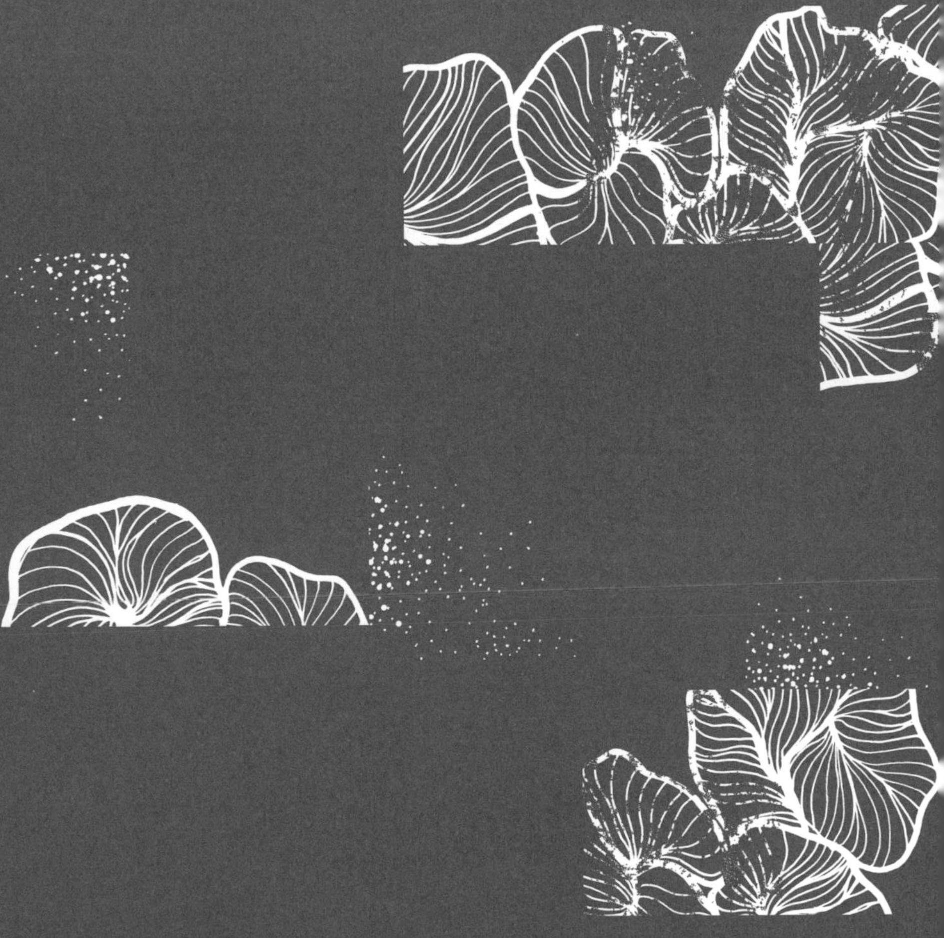

陽光燦爛的日子裡

回家的時候聽見一個阿姨的叫賣聲：「客家菜包，一個三十、兩個五十。」我經過五、六步路又折返。請問有綠色的嗎，我問。阿姨愣了愣，我看見以保麗龍保溫的箱子裡只有白色的，於是又說，沒關係，白色的也可以。

小時候幾乎只有過年才有機會吃到客家菜包，鎮上有一家賣菜包的小販，過年期間幾乎家家戶戶都去那裡消費，父親和母親都喜歡吃，每年初一或初二，一早父親就會開著他的小轎車出門買菜包。白色是米皮，綠色是艾草，我喜歡綠色的，一個年節可以吃掉三至四個。父親會買一大盒，回程的路上就會先吃一個熱騰騰的米皮蘿蔔絲口味。有時候我們會陪他去買，或是醒來後發現家裡的餐桌上已經有一大盒。

我小心翼翼地等回到家、換上居家服、洗把臉後才坐在小沙發上仔細地享用，吃了一口卻有些失落。不是這個味道。

我想起在巴黎喝珍珠奶茶吃滷肉飯的心情，也不是和台灣一樣味道，但是不會沮喪。旅伴當時說，味道不需要一樣，妳知道這是來自台灣珍珠奶茶的概念而做成的，就能夠小解鄉愁。確實，平常明明不喝的，當時喝了就想家了。不沮喪便是由於如此，知道是旅程，就會有地方可以回去，暫時變調的味道反而迷人。坐在小沙發上的我有了越來越多回不去的地方。這是自己買的菜包——聽到客家菜包四個字的時候，會記得自己的血液來自哪裡。

生命如難收的覆水，從一個角落延伸、流淌，走過的地方，有些積出水窪，而有些就這麼蒸發了，在陽光燦爛的日子裡。

有些尊重既優雅又殘忍

他的母親知道我要出書了，用社群上的訊息功能傳訊息給我，跟我說了聲恭喜，和簡單問候近況。其實只有一句：「最近好嗎？看到書總是想到妳。」我回了一句：「很充實，謝謝阿姨。」然後就是互相傳一個可愛的貼圖。我們都沒有再往下聊，因為不能。

年初時，誤按了不知道什麼，LINE的帳號被重置了，慶幸工作上的事都還是以電子郵件為主，LINE只是方便聯繫和相對瑣碎的討論，反而沒想到，有些連結會就此斷裂。從前他的母親都是用LINE和我聯繫的。現在也可以，但是不能。

我很喜歡他的母親，每次明明是去找他的，他的母親總會為我準備一些小禮物，有時候也不是禮物，僅僅是換上乾淨的床單或是將浴室整理一番。當他不在時，他的母親會坐在小椅子上，和我聊我在學的領域、以後想做的事。有一次她問我，妳是不是想出國唸書，我點點頭。她說，這樣很好，年輕時就要用力跑，去能去到的最遠的地方。我笑著問，阿姨怎麼沒有問那他怎麼辦。他的母親說，妳的人生更重要啊，要盡力去過妳想過的人生，她邊說邊看向遠處，馬路邊有車子駛過轟轟轟的聲音。在那些沒有他的時刻裡，在這個從容的女人面前，我只是一個女孩，不是她兒子的女朋友。當然最後她仍不忘了說，如果你們能一起成長是最好的。我只是笑著點點頭。

那是女性之間的談話，發生得很難得，不依附在朋友的關係、家人的關係，不依附在需要討好、治癒或是帶有目的的關係。那次很快樂的暢談，沒想到是最後一次。

後來我們回到各自原來的角色裡，原來的角色，需要保持距離、需要更謹慎地拿捏分寸。我很高興我們做了一樣的選擇——以距離尊重逝去的事物。同時有些惋惜。有些尊重既優雅又殘忍。

謝謝 妳問我

家裡附近有一間賣豆腐湯的小舖子，這陣子因為天冷，我和張凱常常光顧。

第一次去時，裡面有一個小女孩，她的手小小的、腳也小小的，黝黑的皮膚，說起話來咬字不完全清楚，看上去大約四、五歲。可以看出是經營小舖子夫妻倆的女兒。起先她在舖子外頭遊蕩，我們坐進去後，她也跟著進來。小舖子裡只有一張面牆的長桌，四張並排的椅子，以及窄窄的走道。她伸手就抓住張凱坐著的椅腳，小臉皺在一起嚷嚷著：「妳坐到我的位置了。」張凱和她面面相覷，她的母親說，妳給姊姊坐，椅子再拿就有，沒有特別的表情，只有一點對我們不好意思的口吻。她又和母親騰鬧了一番才離開，我和張凱說著自己的話，沒有再搭理。

第二次去時，小女孩仍是在外面遊蕩，等我倆就坐後，我將包包放置於一旁的空椅子。這次她沒有去爭張凱的椅子，倒是走到我旁邊，抓著我放包包的椅腳，又嚷嚷了起來：「妳的包包壓到我要坐的椅子了，快點拿起來。」我將包包提起，放到我自己的腿上。第三次第四次，每一次，小女孩總會有稍微失序的行為，說是無傷大雅，但也不可否認心裡總有一股不舒服。禮貌，我跟張凱聊著，小女孩似乎缺乏，或是說不懂禮貌。不是請謝謝對不起的那種禮貌。

今天我和張凱結束一整天行程的時間不同，我便獨自前往。這是我第一次看到小女孩乖巧地坐在長桌前，玩著她的玩具，有凱蒂貓、黃色小鴨、警察車、她的小圍兜兜、玩具鉗子。她正巧獨自玩到黃色小鴨生病了，要被救護車送到急診室。她把黃色小鴨放在玩具鉗子上面，以鉗子當作救護車。她一看到我就說：「妳怎麼現在才來？」我愣了愣，說今天比較晚吃晚餐呀。接著她開始跟我說她的黃色小鴨生病了，一連串扮家家酒的故事。

我認真地跟她對話，像是問她黃色小鴨為什麼會生病呀，有沒有去看醫生呀，醫生說了什麼呀。同時也認真地喝著我的豆腐湯。她看我認真地喝湯，便無法看著她說話了，似乎有點不高興，於是試著想要繼續吸引我的注意力，把她的凱蒂貓拆成兩半、一直丟她的黃色小鴨，我有點不知所措，她的母親在後面處理其他客人的餐點。忽然她從椅子上離開，用力抱住我的手。我驚呼一聲，妳怎麼突然抱我呀，我問。她沒有說話，只是挪動小小的身體，轉而抱著我的腰際。界線，我的腦海裡出現這兩個字。我將身子稍微側離她。她沒有界線。我想著，我該告訴她嗎，這麼小的孩子懂嗎，我又該怎麼告訴她。也許她現在不完全需要界線，但若她不知道界線應當存在，那麼長大後的她會懂得拿捏嗎。不過，這是我的責任嗎。我看著她的母親剛忙完，坐在離我兩個椅子遠的地方戴上耳機盯著手機螢幕裡的韓劇。她的母親也很累吧。

我喝了一口熱湯。想著該要怎麼辦，她的母親又起身了，又來了別的客人。小女孩自顧自地放開我的衣服，喃喃說了幾句我聽不太清楚的話。不一會兒，她又撲上來抱住我的腰際，手像撒嬌一樣地抹在我的背後，我再次側了側身子。

「妳不可以隨便摸別人喔。」我忍不住說。她看似聽不懂地一臉栽向我的背，卻又露出委屈的表情。「我不是不喜歡妳，但是如果妳想要摸我，妳要先問過我，如果我說可以，妳才可以摸我。」我繼續說。

她漸漸鬆開手。走到舖子外面，又走了回來。她伸出手，但沒有碰到我：「我可以摸妳灰色的衣服嗎？」她問。我露出笑容點點頭：「可以。謝謝妳先問我，我覺得被妳尊重了。」我說。接著她開始開心地問，我可以摸妳的背嗎，我可以摸妳的手機嗎，我可以摸妳的袖子嗎。我說，衣服可以，背也可以，但是手機不行。她露出難過的表情，似乎誤會只要她先開口問，就什麼都可行。

「每一個我的東西我都可以自己決定，我決定手機不行。可是我要謝謝妳先問我，沒有直接碰它。」我看著她，認真地繼續說：「妳也是唷，如果有人要碰妳，一定要妳同意才可以，妳的身體、妳的玩具，如果別人沒有問妳就碰妳，妳可以大聲地跟他說『不可以，請你尊重我』。」她似懂非懂地露出笑容，沒有點頭，也沒有繼續說話。

我想起以前母親給我的教育——無論多親密的人，都還是要拿捏界線、要有所尊重。拒絕不一定是不喜歡，而是每一刻我都還是保有自己身體的、所有物的自主權。

小女孩也許真的不懂，而我其實也沒有一定要說這些話，過了就好，反正不舒服只是一下下而已，但是某一刻我卻希望她慢慢學會、而且一定要學會。我不了解世界其他的面貌，以前的時代或未來，我只知道性別意識、身體界線的意識從抬頭到真正落實，還有好長的路，所以我想，我應該把所知道的保護自己的方法告訴她。因為有太多傷害是來自我們沒有認識到自己握有多少對自我的掌控權。當能掌握的越少，越需要彼此尊重呀。

疫情初期這間小舖子就收掉了，後來再前往已是待出租的店面，希望他們都平安。

我想給的，
也許永遠也給不了。
只能一直把能給的給出去，
當作一種完成。

同伴

吃完麻辣鍋後，整身都是麻辣鍋的味道。在十幾度的台北，跟好朋友窩在一起笑笑鬧鬧，推開那一扇小門後，在人海裡的我們一起散發出濃濃的麻辣鍋味，當冷風灌進袖口，一樣的味道讓我知道我們是同伴。

二十歲就認識了，二十七歲的現在想來，當時的煩惱如塵埃渺小。有著伴侶的要開始進行確認了，這個人要繼續走下去嗎，留學回來的也要反覆思考，接下來我要去哪裡、我要做什麼——薪水、生活環境、伴侶的現階段與未來的規劃，在「我想要什麼樣的人生」面前，都變得重要、變得棘手。難怪以前總會聽見別人說，知道自己要什麼，是重要的也是幸運的，有時候是追尋，有時候是維持。以前覺得「我只是想要把生活過好」，現在仍是，可是那如此短暫的一刻，要如何綿延成漫長的一生，是從前想不到的艱難，在這一路上，越想要自由，就必須負擔得越多。

喝著烏梅汁，很高興聽見她說了那一句：「我知道做這件事情時我並不快樂。」終於不再以快樂為標準去衡量多數的決定，但是所有的情緒反應都會成為牽引，一條甘心的路上，一定會有雨天。偶爾還是會想起一起共事的日子，累的時候一起散步，或是半夜相約去喝一碗燒仙草。我們怎麼會知道，日子的紋路，能共享的人越來越少，明天的課或是手上的案子，做了一個選擇，就轉一次彎。

後來她們聊起我，當她們問，妳想要什麼時候結婚、什麼時候成家，我答不出來，我只知道此刻所有的努力都是想要讓未來的自己擁有更多的決定權，我只知道，我還有想完成的事情（也許最後有些我並沒有做到），我選擇了一條路，然後想要繼續走，看看前面還會碰見什麼。

說起來好像有點固執，也許會為了某個人服軟，相信我會願意，變成愛裡最平凡的樣子，為了誰有所放棄、有所調整，也有所突破、產生不同的能量。繼續走才知道。

從二十歲到現在，所有的變換都沒有把彼此變成陌生人，這是最好的事了。

有些人妳知道她的人生在很遠的地方，但妳永遠在她心上，她也永遠在妳心上，妳知道彼此之間只會有越來越多的愛。妳就是知道。

「還要和妳看遍世界，老的時候喝酒拌嘴。」

關於自在

有些事情不說，不是因為難以啟齒，而是因為不想解釋。偶爾它會被看成祕密，事實上也稱不上祕密。常聽見有人說，懂你的人就不必解釋太多，我反而覺得，有時候解釋會特別需要出現在懂自己的人、自己想要珍惜的人面前。我願意說，表示我珍惜你、我信任你。

自在的感覺是，我不說話的時候，你明白我，我說話的時候，你也明白我。

年節 小記

1

除夕中午在家吃飯，除了妹妹準備的港式點心，母親也準備了一些拿手菜。每年除夕中午和母親一起吃飯已是姊妹們的默契。這幾年見母親的頻率漸漸變高，是某次和張凱聊到，母親老了，我們才想著，隨意找個理由，就可以去見母親一面。有時候想起這些年，會覺得我們是同一棵樹苗，在受傷的地方長出新的枝枒、新的葉子、新的果實，我們再也無法合併，但仍共享同一片天空。

家裡的狗也老了，已經走不動，妹妹請寵物溝通師詢問他的心願，趁著這幾天我們努力地一一替他完成。除夕那天跟他說，明天就帶你出去。他想去有草皮的地方曬太陽，那是我們最常帶他去的地方。結果隔天是個陰雨天，跟他說沒有太陽了，但會試著帶你出去好不好呀，他生氣地窩在角落，更多的大概是難過。最後大家一起窩在社區的中庭看著雲層厚重的天空，他趴在那裡，我們都沒有哭，他也沒有，我們都知道這是一場漫長的道別，我想我們都捨不得哭，因為得要謝謝他呀，謝謝他讓我們有機會好好地跟他說再見。

2

年夜飯後大家一起坐在客廳看《寒單》，長年在國外生活的大姑姑邊看邊說著「這真是沉悶的故事」，一邊細細地讚美「台灣的電影進步了好多」，大姑姑口裡的進步，不只是技術上而言，還有故事線中嵌入傳統文化的紀錄。她說，小時候她親眼見過，像是其他傳統文化，乩童起乩時，長刀刺穿他臉頰或身體其他部位，整身都血淋淋地。

「當我們變得文明了，變得『太過文明』，對傳統文化的反思反而會讓人更矛盾。我們不能輕易去評斷它的好壞，那對很多人而言是很重要的事。所以謝謝有這些電影、這些人說這些故事，讓我們認識這塊土地曾經或正在發生的事，以及它如何影響到我們的現在。」大姑姑說。

幾年前大姑姑不喜歡看沉悶的電影、聽沉悶的故事，她說人生要盡可能活得樂觀正面，當然是允許低潮，但需要擁有調適低潮的方法，才能繼續對生活充滿盼望——總而言之要充滿盼望。她是這樣活過了我不曾活過的年代，在堅毅心智中走出了自己的路。我又驚又喜，又覺得也不意外，在將近是我兩倍的年紀中，在那些徒有樂觀抵達不了的地方，也許大姑姑一直是用一雙理解的、寬容的眼睛，才能把生命沉痛的部分視為無可避免的常態，因為最痛苦的是認為生命裡只能有幸福快樂。

3

和她聊到學歷，意外地知道她的見解：「高學歷是一個標籤，它在許多時候確實可以變成一條捷徑、一張好看的名片，但是人心裡的東西，那一份對自己的自信，如果是來自這個標籤，那這份自信就是社會給的，而有些人並不知道，他需要的不是這個，但他們的心已經被這個別人給的自信漲滿，裝不下其他，比如愛和溫柔的心。不只是他們，我想我們都需要。」

她說的當然不是所有的人，因為很少問及她的想法，聽見時才感到意外，總是安靜的她，其實都看見了那些狀似看不見的事物。

4

張家的孫子孫女總有十七個，我是長孫女也是長孫，漸漸要走向三十歲，後面的小傢伙們一個一個才開始萌生校系和職涯的想像，偶爾會以為自己正在把日子走得更開闊，事實上每個人的喜好都不同，一個人一條路，我只有在自己已知的領域才能侃侃而談，於是站在小小的他們面前，還是覺得自己太窄。以往都以為只有在前輩、大人面前才會覺得自己淺薄，難得這次是在比自己年幼的人們面前有這樣的發現。果然保持開放的心無關乎年紀，所有人身上都有自己未曾到過的地方。

聽著無論長輩還是在學的親戚們聊著資訊工程、電腦軟體、貿易等話題，才明白為什麼以前長輩們知道我喜歡寫作時，總會擔心地問，以後想做什麼（以前感覺不到那是擔心，比較多是覺得為什麼大家看起來都不支持我做我喜歡的事呢），他們是不同路上的前人，沒有能夠傳給我的東西，才會有著擔心。雖然不完全懂、也不是我的領域，但是很喜歡聽大家聊天，孩子們逐年長大，大人們逐年老去，卻也不只是老去，他們活成了另外一種更寬廣的姿態，傾聽孩子們身上的種種，在分歧的世代裡，年節變成一種自在的銜接。真好。

5

坐在姑姑家裡，和大姑姑、小姑姑聊起父親。

大姑姑說，妳們已經從需要父母的孩子變成獨立的孩子，他也要學著從需要孩子的父親變成獨立的父親。常聽人說，父母對孩子的影響深遠，這是必然，也很高興有這一天，我們能試著獨立地將彼此切開，去看見對方身為父母或身為孩子之外的模樣。獨立是多麼寂寞的事情，所以有時候父親或是我們才不會想要看得太清楚吧，看得太清楚，就會害怕必須得給過去一個完善的說法，才能提起腳步往前走。

偏偏沒有完美的解釋，沒有完美的原諒。沒有完美的愛。我們都是一步一步，踩在龜裂的大地上，若不小心身陷乾涸的土壤，就試著想起對方的好，當作孤獨時小巧而沉默的安慰。

6

好像頻頻寫到愛，因為是這次過年中感受到最多的東西。愛從來都不容易，裡面有犧牲、有尖銳的語言。而每年每年，一個可愛的傳統年節成為了生活的節點，讓我看見仍有那麼多人願意為彼此付出、對世界投以善意。家人的真諦是當彼此的窗、近身向彼此學習。

喝著大姑姑給的菊花茶，用滾燙的熱水沖泡。這是花蓮春日國小的小朋友要去畢業旅行，想要籌得畢業旅行基金的義賣，大姑姑知道後買了數十罐，這幾天無論是除夕夜、初一還是初二，每天都喝得到，她甚至分送給各個家人。希望這些孩子們能快快樂樂去畢業旅行。

十一點了，音樂播放器剛好放到陳奕迅的〈十年〉，好像一個循環，以前聽這首歌會有的善感，撲通撲通地冒了出來。生命好奇妙啊，無聊小事在有所感悟的時候，就變成了組成自己的元素。新年過完二〇二〇年才像要正式開始了，不知道會發生什麼，但已經無比興奮（笑）。

看起來沒事的模樣

他問我：有沒有過覺得自己被丟下的時刻？

想起前些年無助的種種，以前很愛說，風浪多大、自己乘著的扁舟多小多脆弱，近一年倒不常說了，是因為寫了《二常公園》嗎，不知道。有個老師曾告訴我，她覺得我的創作常常是在治療自己的傷口。也許是寫了《二常公園》吧，或是說，是因為那些為了寫完《二常公園》而有的無數以私密的自己進行的練習。現在看來最重要的不是故事內容和銷量，而是願意寫下的我、願意寫下的過程。

想到敢養貓的那一刻，是意識到自己終於有了安定生活的能力（至少養活自己），不知道從哪裡長出來的，遇到的人和事都是種子，一眨眼它們就變成那些我可以安心依賴的大樹。

要說也不是一眨眼，疼痛和眼淚都是真的，曾經被拋棄的感覺，其實不是被拋棄，只是心裡還沒有長出明確的自我，還不知道如何擁有自己的內在支持系統，因為太仰賴他人，而把自我形狀的決定權也交了出去。其實沒有人被拋棄，只是人來人往，本是走走停停，而當時的我還未看清。

現在比較少提的那些，提起了也是不一樣的語調。傷口就算被看穿了，也不覺得尷尬，甚至可以誠實地喊痛，誠實地說，我現在看起來沒事的模樣，並不是因為傷口很小，而是因為我再也不想用沉痛的口吻去說這些故事。

與我無關但仍將我擄獲的

「有勇氣成為別人的過去，才是成熟的大人啊。」——電影《比海還深》

有時候會覺得世界擁擠地蓋不出任何屏障，消息沒有眼睛，但是總能夠找到宿主，又或是，是因為我也曾經與它的源頭共生過一段時間，才會有被捕捉的感覺。所以難免會心生惆悵，任何一個沒有見過它的人，都能夠自然地從它身邊經過而不感到顫慄。這是一份已死的連結，一些再也不能發出的聲音。其實並不感傷，只是覺得，我也終於開始有了這樣的情感——總是先習慣緬懷誰成為了自己的過去，才慢慢學著，我也正在成為別人的過去。

你會想起那些夜晚嗎，
我想知道，但我不會開口問你。
人跟人之間除了情感的堆疊，
還有情緒的堆疊，它們不會抵銷，頂多互相遮掩。
怎麼說呢，
像是，那些美好的回憶，明明我都還記得的，
卻因為有些事情改變了，而有了遙遠的感覺。

被扭傷的美麗

「就算愛著他已經沒有意義，今生我還是會這樣愛著他。」——《婚姻故事》

感受到自己的眼淚落下，也不知道能為此寫些什麼。

曾問過母親，婚姻裡的委屈，母親倒沒有向我細數她經歷的事情，她只說：「婚姻裡每個人都會覺得自己是最委屈、犧牲最多的人，因為當我們只看見自己所犧牲的，就看不到別人也為我們付出、為我們妥協的事物。」所以，母親說：「妳不能問我有什麼委屈，這是不公平的說法。妳只能問我，在婚姻裡，是什麼讓我們還願意溝通，又是什麼讓我們不願意溝通了。」

我想起父親再婚後的第一年農曆年節，我不懂離婚的意思，只知道他們不會再住在一起，但我仍不懂什麼是分開生活，我只隱約知道，這個除夕，我不可能同時看見父親和母親。

我跟父親約了時間，提早去找他拜年，我們約在他家，沙發旁邊有一株綠色植物，父親和母親都喜歡植物，不知道這是不是他們當初相愛的原因。那時候，我想把自己擠進他們之間，我覺得自己可以是某種有效的黏著劑，將他們重新黏合在一起。坐在父親的沙發上時，我無法闡述自己的感受，也無從問明他們不愛的原因——我以為怨懟就是不愛。愛有時候那麼遺世獨立、那麼高貴遙遠，有時候又近在眼前，只是小時候睡前父親會給我的一杯熱牛奶。

父親原本的話就不多，更無法向我解釋。他只說：「妳有一天會明白。」我說：「你可以現在就說給我聽。」他沉默了一會兒後，又說了一次：「妳有一天會明白。」

事實上，我也不是什麼強力膠，我、父親和母親，都是各自獨立的人，有些難題在彼此之間，有些難題在自己身上。

妮可幫查理綁鞋帶的時候，我抑制不住自己的眼淚。生活有時候是橡皮糖，咬著咬著會失去味道、失去力氣，某些汙漬洗不掉，而難免興起「我怎麼會過上這樣的人生」、「我怎麼會讓自己落入這樣的境地」，環環相扣，就提不起勁再談還愛不愛了。就算還愛，那又怎麼樣呢。這一路有太多的缺，不是愛能補上的。

每每看這一類的故事，都是以更理解父母處境的眼睛去看。有時候會怕，如果我也應允了某個人，要去走這一條路，那麼那些愛不能補上的缺口，我們能用什麼去補呢，還是我們只能這樣破著一個又一個洞，一天一天變老。

我能知道的事情實在太少了。當美麗的話語不再管用，大半的靈魂大概都已經腐蝕生鏽。有一天我會明白的，那樣斑駁的人，是怎麼繼續他的明天。就像父親和母親，離婚十年後，母親仍會買花，父親在新的住處也有了自己的小花圃。美麗的事物在陽光移動時有了偏斜的影子，就像美麗的日子難免在時光的浮動中有了扭傷的模樣。

不要藏

「我想了一下，我不應該生氣。我不應該因為我沒有理解你對我的期待而憤怒，我應該謝謝你讓我學習到，我們對他人的期待裡也藏有自尊心，那不是錯的，只是未來若我在不同的關係裡遇到這樣的事，我想我會告訴對方——我需要你，我的心目中有一個彼此的模樣，我在乎的不是我們最後是否與這樣的想像一致，而是你也願意告訴我你的想像，甚至告訴我，你也需要我。就直接告訴我，不要猜我有沒有猜到或感覺到，就直接告訴我吧，不要藏。」

像是陽光偶爾穿過樹葉的縫隙刺痛了我的眼睛，卻照亮了大地，我們的誠實穿過自尊的高牆，也許偶爾不適，但是我能更明亮地看見你，你也能更明亮地看見我啊。

樓上的鋼琴聲

八樓樓上的鄰居很喜歡彈鋼琴，之前是週末的下午比較容易聽到，這陣子週間的下午或晚上，也都能聽到他的鋼琴聲。

小時候住在二樓，四樓也住了一個會彈鋼琴的鄰居。常常是在四樓的鋼琴聲中度過週末的午後，那是一個冬暖夏涼的房子，夏天幾乎不用開冷氣，只要把窗戶打開，我和妹妹們就會各自散落在家裡的各個角落，有時候一起下棋寫書法、玩扮家家酒、一起看卡通，也有時候和全家一起做家務。手上偶爾會有母親準備的冰愛玉或仙草，或是甜米苔目當作點心，然後母親會隨口說出鄰居正在演奏的鋼琴曲名（母親往往也會跑去自己的鋼琴前彈好一陣子）。

那時候的我喜歡坐在父親的書桌前，打開他大大的桌上型電腦，寫些不著邊際的句子。父親的書桌旁就是窗戶，可以看到中庭和天空，還有遠處的高速公路，我常望著窗外發呆，中庭的孩子們繽紛的玩具很可愛，遠處高速公路是週間我們每天會去台北上課的路，也很可愛。

許多場合都曾被問及，書寫時會聽音樂嗎。會啊，我總是這麼說，尤其當有一股情緒想寫的時候，就會找能對應的音樂來聽。不過近幾年，我漸漸比較常聽起鋼琴音樂，可能是流行音樂的鋼琴版，也可能是古典音樂、動畫配樂。我的理由是，怕歌詞蓋住了腦袋中跑出的句子，若要寫下什麼，我得在一個情緒裡，但不能太嘈雜，於是我選擇鋼琴演奏的音樂。漸漸地，這也變成一個寫稿的儀式，若要寫稿，我一定會先聽幾首鋼琴音樂，幫助我進入創作的狀態。

剛剛和張凱坐在客廳裡，我們各自處理自己的事情，樓上鄰居又彈起了鋼琴。張凱說，跟小時候好像。以前我們會說，跟「以前」好像，當我們使用「小時候」這個詞彙時，那裡的時光就幾乎已經完全被放在玻璃盒裡了，看得到，但無法傾瀉過來。我沒有看向她，只是點了點頭，示意我也有一樣的感受。也許我這麼依賴鋼琴音樂，是因為曾經那個沒有任何負擔、可以做無數白日夢、並且永遠覺得遠方可愛的我，就是來自有著鋼琴聲的午後。不是因為要回去，而是想要反覆從原點啟程。想到今年過年某一天，另一個妹妹說，過了很久，這一次一起住在八樓又有了家的感覺。家的感覺，依附於過去某種自在而差一點以為那會永遠持續下去的記憶，離開以後的搭建，不一定會依循完全的印象，會添入其他憧憬，但當某個熟悉的元素出現時，還是會有一股平靜的懷舊感。

現在的點心是我們自己準備的，蘇打餅乾、奶茶粉、茶包、麥片、氣泡水、濃縮果醋、濾掛咖啡，或是打開手機在外送平台上任意尋找想吃的東西。鋼琴聲、點心、平靜的日常午後或晚餐後，我們想起的也許已經可以算得上是二十年前的事了，時代、習慣、口味、生命的轉變，產生著許多裂痕，而我們的幸運是能夠從這些裂痕中體會到，所謂幸福是舊記憶疊上新記憶，但是沒有人被覆蓋，而是擁有的越多，越珍惜。

小叮嚀：如果居家環境未有隔音設備，晚上九點之後還是要盡可能避免樂器或聲量較大的活動噢，一起成為人見人愛的鄰居。

我不會去談你的惡

退後一步，是為了保護自己。在見過你的模樣之後，知道了人也會有粗糙的質地。你仍可以說聰明的話、做聰明的事、成為厲害的聰明的人。多年後，我可能還在原地當一個小傻瓜，但是我寧可傻傻地保護自己也不要聰明地去傷害別人、不要聰明地利用自己被你所傷的部分獲得關注。保護自己的其中一種方式即是——把發生過的變成花紋。

所以，我不會去談你的惡。

不是因為我已經不嫌棄了，而是談起你會讓我變成一個無聊的人。

（但是遇到違法的或重大的傷害，大家還是要勇敢說出來噢。我們有權利選擇如何面對糟糕的事，但當我們選擇平和的心時，不代表我們就允許它持續發生、並視為理所當然。）

敦南誠品

1

在排隊時遇到一個阿姨，她先是要直接從大門進去，但指揮的人員告訴她，入場要排隊，她說，怎麼會，平常都不用排隊的啊，指揮的人員又說，今天人比較多，要排隊唷。剛好她在我旁邊，就跟著一起走到隊尾。

她問我，敦南誠品要結束營業喔，我點點頭。她又說，那會再開在哪裡啊。我說，不會開了，這兩天是最後了。她露出很難過的表情，然後說，大家都知道這件事嗎，是在網路上說的嗎。我有點不知道怎麼回覆她，因為我已經太習慣用網路接收訊息。她又自言自語了一段說，怎麼會就這樣沒了呢，我怎麼會今天才知道呢。中間她有問我，我是不是看過妳。我就說，應該沒有，阿姨可能是我大眾臉啦。然後她又說，啊，我之前車禍傷到腦了，記憶有時候會不見，我應該看過妳，還有，我可能也知道它要收掉了，但我忘記了，我怎麼會忘記呢，今天想到的時候竟然已經是最後一天了。

我安靜地沒有回應她，心裡有一股情緒湧上來。

2

第一次進敦南誠品不是因為買書，而是十九歲那年冬天，二〇一一年十二月三十一日，和一群朋友相約去國父紀念館看一〇一跨年煙火，那天很冷，跨完年後幾個毛頭小朋友想要接著參加隔天早上的升旗典禮，但沒有多餘的錢找地方睡一覺，手機網路也還不如現在發達，大家正苦惱著這空著的長夜該去哪裡好時，有個朋友說出了「敦南誠品」四個字。

那不是書店嗎，有人問，應該關了吧。不，朋友繼續說，它是二十四小時的書店，我們散步過去吧。不過我們完全沒有享受到半夜書店的浪漫，一走進去時，就看見一樓地上坐滿了避寒的人們，有些人靠在一起睡著了，我們索性就找了空位也坐下，捱在彼此身旁，睡了淺淺一覺。往後有一段時間，我會用帶點自豪的口吻說，我在敦南誠品睡過覺呢，好像我是一個很了解這個城市的人、了解哪裡是永不熄燈的地方。

雖然現在想來只是個深怕別人不知道自己有幾兩重的小大人。

在台北漂流的這幾年，起初會在週末搭上公車到敦南誠品逛逛，為的是那一段路途、那一份「我正在前往」的心情。那時候的我已經幻想過無數次，有一天，這個書店裡會擺著我的書。

二〇一五年，我收到三采文化的出版邀約時，馬上約了當時的伴侶興奮地往敦南誠品跑，我們逛了一圈又一圈，從華文創作的櫃位開始，最後還是走回到了華文創作區，他甚至拿出手機幫我拍了幾張照。我說，你拍什麼呀。他說，先幫妳拍呀，以後妳的書就會出現在這裡了。哇，這裡，光是聽到這兩個字我的心臟就撲通撲通地跳，是敦南誠品耶，那個二十四小時不熄燈的書店。

後來在大安區住了一年，那時候適逢失戀，我會徒步走到敦南誠品，無論多晚，這個地方都會等著我。有時候我會躲在書櫃後面哭，有時候看著無數個作家的作品被放在這裡，又多了分安心。再後來，我搬離了市中心，變得比較少往敦南誠品走了，不過如果到市區辦事，仍會在回家前繞過來逛逛，這時候的我已經可以在裡面找到自己的書，有時候在華文創作區和其他的作家放在一起，有時候會出現在暢銷榜上。

網路的時代來臨，誠品空間裡關於書的櫃位慢慢減少，精緻的生活用品漸漸變多，有時候會害怕，像是漲潮，會不會有一天我刻了那麼久的雖然還小小的石頭，它就這樣被沖走了呢。不知道科技、網路會將人們帶往哪裡，但有一部分的我永遠在這裡。我只知道一間書店的結束，當它相當於關掉了一種台北生活想像，在新的想像中，它永遠會是我記憶裡一段難捨的時光。

3

傍晚以後都是道別的心情，雖說所有的事情都有起落，想到要道別的是自己的一部分，心裡還是會酸澀。離開時我用平靜的心再看了一眼，謝謝你帶給這一個時代的台北那麼多情感、這麼多故事。下次我經過敦化南路和安和路的路口時，會知道一回頭有些東西已經永遠不在了，但在心裡會永遠亮著。然後，偶爾想起這一聲輕輕的再見。

註定

「張愛玲不是說過一句話嗎，『如果你認識從前的我，也許會原諒現在的我』。」她邊說邊把頭轉向遠方，盡量避開和他對視的可能。黃昏的微風將她細長的髮絲吹亂。

他看著河堤的人們，有的人遛狗、有的人運動、有的人並著肩散步或坐在草地上聊天。太陽快要下山了，但仍想要留下什麼的語氣說道：「如果我認識從前的妳，我想我會盡我所能不讓妳變成現在的妳。」他將目光移至她的臉龐。他用一種

「謝謝。」她說。

長大以後，她學會了在不知道該如何反應的時候，就說聲謝謝。接著她轉頭看向他，靜靜地迎上他的目光。謝謝你願意給我這份心意，謝謝你，至少此刻你願意說這樣的話，她沒有把這些說出口。

她也沒有說，也許在很久以前我們就已經遇見了，只是我們沒有停留、沒有認出彼此，是那些發生在我們身上的事情，變成了走向對方的伏筆，終於遇見的時候雖然有一種相見恨晚的感覺，但可能那就是我們之間註定的情感——當我們跟一個人建立一段關係，其實就是和他共同擁有一個容器，也許容器裡面的東西早就在那裡了，是我們掉進去了才發現，原來都是註定好的。

關於疏離 二

「我感覺到自己跟她變得疏離了。我想了很久，是什麼呢。是經驗。這些年我們各自過著截然不同的人生，就算曾經一起討厭班上的某個同學，以為是一樣的討厭，其實也是不一樣的。同樣的原點也能把人帶往不同的地方，是我們遇見的人和事組成了後來的我們。如果她沒有組成絕大部分的我、我也沒有參與絕大部分的她的生命，疏離大概就是必然的結果。一起長大、一起困惑、一起經歷人生的不同階段，是『一起』凝結成了不僅僅只是愛的情感，遠遠大於同一個原點。生命是累積而成的。疏離也是。」

—〈關於疏離〉收錄於《把你的名字曬一曬》。

人間煙火、人間煙火，
人間煙火會爆得一個人五臟六腑啪啪作響，
裡面有他的愛、他的寂寞、他不得不低頭的矛盾，
和他對抗世界的方法。
我們必然會品嚐到它，
然後也許，會在它之中變成另外一個人。

跟你分享一片
我剛烤好的
餅乾

我們自在地說話
脆弱不需要偽裝
把身體裡其中一個不確定的部分
分享給對方

像分享一片剛烤好的餅乾
不是太漂亮的形狀
但是並肩坐著、一起確認
它的口味獨特、相遇值得

而下一次見面時
我們無須特別帶上任何的什麼
一起度過無數個願意保持誠實的午後
會知道那就是禮物

這是我珍惜你的方式
這是你珍惜我的方式

因為珍惜
所以願意成熟
有一點點優雅
有一點點不同

（吶，餅乾是不是很好吃）
（當有著珍惜的心意）

慈悲

我們從高腳椅的位置換到能夠面對面看著彼此的矮桌，不確定是不是要繼續聊，她說了一句，要不要再喝點什麼，我露出笑容，心慢慢散開，變成軟軟的姿勢，然後點點頭。喜歡沒有說、但一起想要把這一刻延長的感覺。

點了一樣的熱拿鐵，裡面加了來自台南的黑糖，我跟她聊起我對於幾年前有過情愫的某一個人，最近冒出的一股直覺性的不安。我們很久沒有聯絡了，他是夏天生日的人，每年幾乎都還是能從少數幾個共同好友的社群貼文中看見他的身影，但今年他卻像消失了一樣。我知道社群並不能代表一個人太多，但有很多時候上面的反映亦是真實的。

「我其實不希望他有什麼事。」我說，然後看著黑糖拿鐵上面的奶泡，想起的卻是他喜歡的冰美式：「感情最後如果會剩下一點殘渣，像是咖啡渣，原本我以為，那些殘渣是小小的遺憾或惋惜，但好像不是。」

「因為妳對他沒有感情了啊，所以也不會有埋怨或在乎。」她說：「遺憾和惋惜往往就來自這些東西。」

我點點頭，然後喝了一口溫度剛好的拿鐵，接著將目光迎向她的眼睛：「當我發現，我是真心希望他沒事的時候，我才知道感情最後剩下的那一點點殘渣，是慈悲。」我說。

那一年從那一段關係裡離開後，就像不會喝下最後一口咖啡渣那樣，我們也都沒有喝下那一點點殘餘，而它一直在那裡。當初把剩下的想得太沉重了，原來剩下的只是對曾經一起走過一段路的慈悲。

我會記得你曾是怎樣的少年

這陣子常想起一個老師跟我說過的話：「人是會走散的。」

那年我二十一歲，她認真地看著我：「妳可能會惋惜，但最後妳會有能力看懂走散的原因，這些原因，會讓妳更珍惜後來遇見的每一個能夠親密的人。」

許多事情成為彼此聚攏的原因，概括來說可能是狀態，實際上抽絲剝繭，可能是曾經發生在他身上以及未來他希望如何發生在他身上的事情，是價值觀和遠方，成為親密的原因。反過來說，也就有可能因為價值觀和對未來想像的變化，慢慢變得疏遠。

那天和她在捷運站聊起共同好友，她說，很久沒見到他了，但上次才見一面，她心裡就有底，這個人自己可能再也不會主動去見了：「我們曾經是同一種人，但都改變了，最終變成了完全不同的兩種人。」她說。雖然我心裡想著，可能也沒有真正完全一樣的同一種人，但我明白她的意思就是，走散了。

與人的相處慢慢出現掂量，知道大家都不一樣，卻還是會在看見共同點時往心裡增加彼此的重量，抓取幾份親密感，在這個偌大的世界裡，希望孤獨感能夠因此少一點。很久以後才知道，更難以承受的孤獨是曾經被瞭解、被需要過，但這份連結對對方而言已經不再重要。他不要了。

明明日子是那麼自然而無聲地流動，卻還是會睜著眼看見誰鬆開的手。現在想起二十初歲時老師說的「走散」這個詞，覺得用得真美，美得令人就算受了傷，仍願意給出真心的祝福。

「那些對你而言可能已經不再重要的、我們曾經共同擁有的東西，我還是很在乎的，其實，不一定要是你才能給我這種安心，只是我喜歡那樣的相互依賴，好像在風雨之中沒有人替我們撐傘也沒關係，我還有你。我知道你會走的，終有一天，你會有比我們之間更重要的事要追尋和擁有。所以這一次，我們就不要談愛了，那在此刻只會更顯得虛無，這一次，我只想告訴你，無論如何，我會記得你曾是怎樣的少年。」

沒有遇上
也無須可惜

你從深秋走來
要到冬天的湖邊去看雪
我若也要去看雪
那些方向都很熟悉
而若要去見你
總會不小心迷一點路

還好秋天不長也不短
我能趕得上好看的湖畔
只是我也喜歡
迷失在你走來的地方
（就算你已經去看雪了）

下次再一起吃火鍋

「我跟他說，恭喜你結婚了，真心的祝福你呀。他跟我說，欸，我也真心的謝謝妳。我知道那句謝謝不只是謝謝。」她邊說邊把火鍋湯裡的浮油撈起來。感慨之餘我們終於也能懂得分配注意力，生活的、工作的、或只是一頓晚餐裡的小事。

「因為他在謝的，不只是妳的祝福，還有在這之前，曾經有過妳的生命，他全部都感謝。」我說。然後把一塊南瓜放進嘴巴裡。

她瞪大眼睛點點頭：「對，妳懂那種感謝。」我露出笑容，帶有一點「妳很三八欸」的表情。高中時和她一起坐在球場旁邊聊著上週末各自跟初戀去了哪裡，一眨眼，初戀們都結婚了，以為不能失去的人，回過頭也只是人生不能被比較、但可以被捨下的一部分。

我們在某一個很熱的十一月底吃火鍋，因為原本以為會很冷。長大後很多事情都跟以為的不太一樣，但還是能夠找到享受的方法，比如跟熟悉的人一起分享長大的困難，雖然痛苦是各自的，但還能坐下來一起吃飯，就會覺得，謝謝妳仍平安地活著，我很珍惜。

燈

從我有記憶以來
就有一盞燈在那裡
我不知道它為什麼會亮
只知道我冷的時候靠近它
就會暖一點
我走在漆黑的路上想起它
就不那麼可怕

它有的時候會閃爍
於是我學會什麼是電路不穩

意思就是
有時候它會失去那個
讓它發光的能量

失去能量的原因我看不見
在牆壁後面
我不能任意敲開牆壁
但當我知道原因的存在
就不能隨意地指責、輕易地發脾氣

我好像沒有想過它可能會壞掉
因為太習慣了
誰會去想像
如果有一天太陽壞掉了怎麼辦
我只是和一般人一樣而已

它壞掉的那天
天氣很好
任何一處都明亮得充滿希望
所以我雖然有一點惆悵
但沒有覺得失去了什麼

因為這些年，除了它以外
我的身邊也多了其他會發光的東西

只是那天晚上
我發現其他會發光的東西
都進不來我的房間
陪伴原來是有限的
可是，也包括那盞燈嗎

那一晚它在我的書櫃上低著頭
看著模糊的它
我的心裡暗了一塊
天亮的時候沒有跟著一起亮起來

我們不能

我們不能離得太遠
我會忘記你是怎麼來的
我們也不能靠得太近
我會忘記有一天你也要離開

無論多足夠的愛，人都還是會有受傷的感覺，
這是人最脆弱的地方，
每個人的身體都有洞，
有些人穿過你、有些人堵塞你，
有些人只是站在那裡，從未觸碰到你，
就能讓你熱淚盈眶。
就像有些事情本身就不存在平衡，於是才有虧欠。

寂寞是人的課題，不是神的

想起和父親的一些事。

前陣子圖個好玩跑去摸手相，手相老師說我虛歲八歲的時候有個很嚴重有生命危險的關，但是被避掉了。當下我想不到自己有發生過什麼生命危急的重大時刻，這幾天才忽然想到，虛歲八歲，就是實歲七歲，那年我剛升上小學一年級。

這是長大之後才聽說的。正式開學前一天，學校有一個類似準備日的安排，就是讓老師先認識一下家長同學們。那是我上小學的第一天，不過父親和母親一直叫不醒我，我睡得很深。父親本來要把我抱到轎車後座讓我躺著再睡一會兒的，但他忽然冒出「算了」的念頭，想說還不是正式開學，就不讓我去了，再睡一下也沒關係。

結果那天父親在上班途中出了非常嚴重的車禍，他的轎車突然失速，高速公路其中一段左右的安全島都被他撞壞，父親的轎車全部變形必須直接報廢。除了駕駛座。醫護人員跟警察到的時候，父親站在他的車子旁邊，目擊者們說，他們看到父親把門踹開走出來的時候非常驚訝，車身都爛了，人竟然完全沒事，連擦傷都沒有。父親和母親有一段時間都會心有餘悸地說，還好那時候我沒有在車上，還好我睡得很熟，偶爾賴床也不錯啦（難道我是因為這樣才一直允許自己賴床嗎）（愛開玩笑）。

這件事之後，父親和母親有將近半年的時間，每個週末都全台跑透透，他們深信這是有神明在保佑，想找到到底是哪一尊神明保佑著父親，後來聽說是在中部某一座中型的廟裡找到了那尊神明，接著好幾年，他們都會去那裡表達感謝。

暫時先不討論是否相信神明或是手相老師，我想起父親的這件事時，比較多的是感傷。

父親是一個喜歡植栽的人，以前家裡的前陽台上有大大小小的盆栽，幾年前有一次去到他現在住的地方，發現陽台裡一樣有著許多的植物，但他沒有再像以前一樣邀請我們站在一旁，聽他指著哪一盆叫什麼名字、哪一株葉子黃了就要趕快摘掉。只是自己走出去看一下剛剛的大雨有沒有將植栽打壞，然後再走進屋內。

不知道為什麼這兩件事在腦中攪和在一起。讓我忍不住去想，老天爺也許真的能夠替凡人避開某些生命裡的凶險，但卻沒有辦法幫任何人避開孤獨。心裡的孤獨沒有人能避開，生命與孤獨幾乎是融在一起。也許是因為寂寞是人的課題，不是神的。

會不會這就是人們要彼此相伴的原因呢，儘管有時候是先感受到了何謂陪伴，才體會到何謂孤獨。我也不知道。但我想，當我下一次對著父親，或是對著朋友說，要好好照顧自己喔，的時候，我真正希望的，大概會是我們都照顧好自己心裡那個難以被直視的寂寞角落。

針

後退
後退得太多了
就會長出一段說或不說真話
都遙遠的距離

我是一顆氣球
一根針就能識破
我乾癟的謊

好少好少

不知道在什麼時候
想念已經變成懷念
我們說的昨天、上個月
變成了去年、那時候
時間過得好快喔

有時候會想
如果能延長那些時間
但其實延長就是
走到改變了的今天

看到他的第一眼
還是沒有變
沒有發生的事情
也沒有變成發生
我不知道
一個人想起兩個人的感覺
會深陷得這麼快

已經沒有問題要問了
是在這個時候吧
覺得如果只剩下懷念
那麼剩下的東西
好少好少

各自 安好

1

一開始還不知道每次父親說，欸，有妳們的東西要還給妳們，的時候，就是他搬家了的意思。

兩年多前是第三次，他拿來一箱雜物，裡面多數是照片，和一張很大的硬板卡片，就是小時候大家會做的那種大大的手作生日卡，放在整箱雜物的最下面。那是一個普通的白天，妹妹們都不在，因為不喜歡用紙箱裝東西，我把所有的雜物都拿出來，想要收進櫃子時，才看見那張卡片。

卡片的封面是我的手撕紙，我用手撕出「Daddy」，黏在他的獨照旁邊。我認出這是某一年我們幾個女兒寫給他的生日卡。他不要了嗎。如果給出去的東西對方不要了，這應該算是誰的呢。我的心意。我的心意。原來還是我的。

2

我們偶爾才會去翻那些照片，恆常持續著的生活，對於太久以前的事情，不會頻繁地緬懷，這是人心裡空間有限的一種表現。

照片多數是父親以前拿著他的傻瓜相機拍下的，沒有什麼構圖可言，很多也都過度曝光或感光不足，或是根本失焦了，明明已經這麼不明確，像是為我們的懷念做緩衝。我們很少去翻，為什麼呢，我沒有想過，因為我知道如果去想的話，我會有太頻繁的惆悵。他的心意。他的心意。就算我還記得，仍然還是他的。

3

昨天想找一張照片，於是坐在櫃子前面翻，把客廳的燈全部打開，還是找不到。可能本來就沒有在裡面，也不知道在哪裡。卻找到了一本以前沒看過的相本，是父親與母親婚禮的紀錄，裡面還有許多親戚。原來他們以前長這樣呀。

然後我看到外公和外婆，已經變得陌生的五官，我還是能認得的，那些時間並不像昨天，小時候的作文怎麼可以寫成「就像昨天」呢，根本就不像。如果曾經走過蜿蜒的路，就會知道遠方湖水的美麗，包含了這一路的顛簸。昨天是如此顛簸。昨天不是那一面湖。那一面湖是很深很深的山裡，靜謐而遙遠的短短幾年。

然後，有一張照片，外婆坐在輪椅上，她沒有表情，眼睛瞪得圓圓大大，不同於前面幾本相簿裡笑成月亮一樣彎彎的眼睛。那是她住在我們家的時候，我知道，她中風了。她沒有辦法再跟我說，不要惹媽媽生氣了，外婆帶妳去買東西吃好不好呀。

我不敢看太久，很快地翻過去。有些畫面只需要看一次，就會永遠記得。無論長到多大了，想念都還是會讓人泛紅眼眶。那是人最柔軟的情感吧，柔軟可是心會刺刺地。

4

看著自己慢慢長大，父母在照片裡慢慢衰老，我明明參與其中，卻仍有一種自己當時並沒有真正地參與其中的感覺。情感會在人的眼睛裡層層堆疊出厚實的濾鏡，能夠看到以前看不到的事、以前看不懂的事。厚實的是時間的肌理。看得懂的時候，時間已經過去。

我是在很多的愛裡長大的孩子，雖然當下的我並不能辨認出那是愛的模樣。我把相片一一排序好、放回去的時候，覺得幸福是苦的。

5

父親是不能留。我知道。

搬家是透明的，在這個房子裡藏過什麼，搬家的時候都會浮出。所以到現在，我都沒有告訴父親和母親，多年前父親搬離童年一起住的公寓時，我在準備要丟掉的一盒文件中發現一疊父親和母親年輕時的通信。

那天母親禮貌地迴避沒有在家裡，父親則剛好把東西拿去一樓的中庭。我把張凱喊了過來，這個東西不能丟吧，我說。張凱先是愣了愣，然後說，他們都不要了，為什麼不能丟。有可能他們有一天會想念啊，我說。他們不會想念了，張凱說。

也可能是不能想念了。我沒有說出口。我把那疊信抽出來，放在另一個小型的塑膠箱子裡，扣上鐵扣，拿去陽台的置物區，隨便抽出一個空位，推到最裡面，再拿其他東西擋住。

有很長一段時間，我覺得自己替他們做了一個對的決定。但其實，我是為我自己做的。知道他們相愛過，有東西證明他們相愛過，在遺憾面前，也許我能因此覺得比較安慰。

6

從好幾天前聽到劉若英的新歌〈各自安好〉時，好像就在為我準備這普通的一天、普通的情緒。葛大寫的那句——

這句別來無恙 想煽情一些
我能做的卻 有限
想說聲遺憾 說成了備感 欣慰

我想起的都是父親和母親。然後今天，還有外婆。各自安好的背面，在說的大概只是，沒事，我很好。我很好。

真的很好。沒有人說謊。只是因為曾經作為彼此的斷裂，我們都已經在沒有對方的世界裡各自癒合。都再也不會回去那個安靜的湖邊。只是因為這樣，所以安好的心，想起誰的臉，還是會輕輕地皺一下。

我想要我們都自由

把沒能說出口的話放在手心，親愛的，不要皺眉，有一天我們能用不同的方式去談論今天。有一天這些話，不需要真的說出口，可能在一個小小的決定或一個小小的動作裡，就都能夠被理解了。我會這樣相信著。所以當我放開緊握的雙手，我是想要讓心意自由。我想要我們都自由。（雖然人們好像都被說不出口的東西綑綁著。）

有時候擁抱著複雜的東西，
我反而會覺得自己純淨，
希望你抱著我的時候，也是。

願景

兩個人在聊星座，覺得自己老了，又好好笑。要她猜猜我的上升星座，三次機會。我說我自己知道的時候也訝異了很久，她一開始猜不到，我說，妳很早就發現這個我了。她馬上說，天蠍。我們一起大笑。三十歲以後會是這樣的人嗎，不知道。她為我心急過的事，慢慢也不急了。她說有些路很窄，妳的路還很寬，我覺得這樣很好。我躺在床上，她打來前本來要睡著了，睡意一下子消失。

我說，其實我害怕有些改變是自己並不想要的，像是不敢再為愛橫衝直撞。她說，妳沒看過自己為愛雙眼發光的模樣，我覺得妳不會變。是嗎，我很困惑。其實是怕，我愛自己愛得比較多，也會慢慢忘了怎麼去愛別人。就像是，有些人愛了別人太多，就會忘了要怎麼去愛自己。愛自己的那種愛，原來比愛別人更複雜（有時候如何去愛別人取決於我們是如何愛自己，攪和在一起，不一定能分開）。有時候覺得太多了，又同時覺得不夠。面對自己或別人的時候，都是這樣。

她的預產期在明年一月，我今天早上還在算，今年過完，她的生活就會不一樣了（其實現在已經不一樣了）。跟她開玩笑地說，以後帶妳的小孩來看西西阿姨的電影啊（目前仍然是假設題，歡迎各大製片商接洽合作）。她噗哧一笑說，能夠看見一個十年的願景，是很幸福的呀。我沒有否認。

慢慢有些事情變成了這樣，幸福的模樣太多，沒有人能全拿，就像曾寫過的，我們也不會經歷世界上的所有悲傷。有一些美好的事物相互矛盾，卻都同樣有著要咬牙撐過的時刻。這大概是為什麼必須要不斷探索和確認自己內心真正想要的是什麼的最大原因，明白生活何以辛苦、何以幸福，並甘心沒有對不同的路產生偏見，沒有對自我產生偏見。

構築人生的旅程，那些並不是分歧，而是各自獨立著。不被了解的部分，有時候會找到去處，有時候不會。然後，不再解釋太多的自己，但是當想要解釋的時候，會知道有一個人願意聽。

特別收錄

互動創作

三個關鍵字 一個故事

社群時代有許多機會能夠靠近讀者。
這是我在自己的社群頁面跟讀者玩的即興創作遊戲，
讀者們隨意提出三個關鍵字，
我在時限內以直覺發想創作。
有些火花在別人手裡，
謝謝讀者們點亮了那些備感親近的夜晚。

－ 時間 鯨魚 大樹 －

時間問鯨魚
你愛大樹嗎
鯨魚說
愛呀
時間說
可是你沒有看過它
鯨魚說
雨水變成河流、變成它的養分
變成流向我的什麼
是你在其中
讓愛這件事情發生

— 陽光 是你 祕密 —

告訴你一個祕密噢
陽光是你
所以每當我站在你面前
都會有暗處
你未能參與的
我都能自己照顧

— 遊戲 慈悲 憂鬱 —

如果憂鬱
如果慈悲
不過是人間遊戲
為何我還會想愛
為何我還會疼

— 想你 電影院 曖昧 —

在曖昧的時候想你
在電影院的時候也想你
在想你的時候
不想再想你了

－ 地板 青草茶 衛生紙 －

夏日寫信
貓推倒了青草茶
你說沒關係
然後抽了一張衛生紙
湊到我旁邊
說你也要寫信

我們躺在陽台的地板上
你把薄薄的衛生紙攤開
我什麼都看不清楚
你說沒關係

分開的時候
我們都別寫信
我說

怕寫了就走不了了
你說
沒關係

— 愛戀 遙遠 長大 —

長大的愛戀是
知道有一個很遙遠的地方
想找一個人一起去

不每天說愛
因為一路已經都是

— 楓葉 烤肉 秋刀魚 —

送出過楓葉做成的書籤
在書桌的檯燈前
還是能看見楓紅

但還是最喜歡烤肉的時候
你笑著說：
咦，你也喜歡吃秋刀魚？

我笑著點點頭
有時候不需要再看見楓紅
不需要用光去確認
也能知道，有些人和事
會一直喜歡下去
（就算我們不再喜歡彼此）

— 牽手 擁抱 散步 —

不適合牽手或擁抱的人
能不能至少
適合一起散步

— 晨間的霧氣 伯爵鮮奶茶 躲雨 —

不再喝伯爵鮮奶茶了
也不再躲雨
不再躲你

記憶是晨間的霧氣
每一天都再活一次
每一天
都活不過一天

— 迷迭香 思念 愁 —

愁著在櫃子裡找不到迷迭香的時候
也許可以試著換黑胡椒粒
或是羅勒葉、蒜片
或只是撒一點點玫瑰鹽

思念大概就是這麼一回事
找不到確切的證據
或你的模樣的時候
就試著想起別的東西
例如你穿過的牛仔外套
你喜歡吃的黑巧克力
或只是例如，分開時的天氣

— 信 脆弱 念舊 —

我念舊的時候
比沒有寄出的信還要脆弱

— 過敏 針織衫 想家 —

想家的時候才知道
自己會對長大過敏

母親以前送我的針織衫
原來那麼好看

— 烏龜 吹風機 燈泡 —

看著你
換過幾個壞掉的燈泡
來過幾個不同的伴
在半夜梳洗後開著吹風機
重新打扮自己、然後離開你

你說你做什麼都慢
愛上一個人慢
忘記一個人也慢
所以房間裡養了一隻烏龜
好和別人開啟所有親密與不親密的話題

這些我都接受
但你不可以
餵我飼料的時候也慢
你的話題不能死掉餒

－ 蔚藍 石頭 死去 －

蔚藍的海會死去嗎
石頭會死去嗎

鐘錶把永恆的概念消滅了
有時候卻覺得
能夠活得比我還要久的事物
就是永恆

就像，如果
我未能參與你的開始和結束
在我心裡
你也是永恆

— 塵埃 懸崖 薄荷 —

懸崖邊的薄荷
若無人發現
也只是塵埃

－ 走路 忘記 對話 －

（故事調性——悲傷）

他們認識很久了。

一個人喜歡走路，一個人不喜歡。

除此之外，沒有什麼不適合的地方。他們都懂得說該說的、不說不該說的話。所有對話產生的時候，就是情感產生的時候，安靜的時候，就是享受情感的時候。他們是這樣的——認識很久、很久了，所以後來，一個不想再假裝自己喜歡走路，一個不想再假裝自己不喜歡走路。雖然一開始，為了對方去假裝忘記自己真正喜歡的事情，好像沒有那麼難。

但是他們認識太久了。其實不是走路的問題。還有很多很多的問題都是。我喜歡你不能假裝，我喜歡我喜歡的事情也不能假裝。

不知不覺要忘記這些，再往前一步就變得困難了。

－　魚　太陽　葉子　－

（故事調性——遺憾）

他說他的小魚缸裡養了幾條魚，每天都要曬一曬太陽才健康。我偶爾也會問他，你的魚今天還好嗎。他總會說，很好啊，很好。我從來沒有看過他的魚，他說每個人都有祕密，這是正常的。

有一次他生了一場重病，我終於去了他租的小套房。魚缸在他的書桌上，我想替他拿去曬太陽，但是裡面沒有魚啊，只有幾片葉子。

「有啊，那就是我的魚啊。」他說。

─ 沙漠 神祕的智者 鳥 ─

（故事調性——怪奇）

傳聞中沙漠的另外一邊住著一個神祕的智者，他了解世間萬物，所有問題他都能夠給出最好的解答。所以一年四季都有人願意穿過天氣難測的沙漠去拜訪他，只為了解開那些人生中難解而重要的困惑。有些人會因為不了解沙漠的特性而死在沙漠裡，但這並不影響人們前往的意願。

見過智者的人都說，智者的家裡什麼都沒有，只有一隻鳥。鳥的顏色很奇怪，有些人說是紅色的，有些人說是藍色的，也有少數人說是金黃色的。

當人們聊起鳥的顏色，就會忘了智者給自己的答案。人們的注意力與好奇心開始被那隻鳥吸引，慢慢忘了對自己而言真正重要的問題是什麼。

漸漸地，人們開始為了想親自確認鳥的顏色擔負在沙漠裡死亡的風險，而非為了確認自己生命的困惑。

智者始終不知道人們為什麼而來，他以為人來人往是既有的常態。他很高興，因為這樣他就不會一個人在沙漠裡那麼寂寞了。

噢，對了，智者沒有養鳥。

特別收錄

微小說

畫家的一天

只有一個客人提出過問題：
「這個人在掙脫自己的影子嗎？」

畫家的 一天

1

村子最尾端的房子裡住著一個有名的畫家，房子後面是樹林，樹林前有一塊空地，總是長不出綠色的雜草，空地上有一張椅子，和一把遮陽傘（有時候可以遮雨），來找畫家的客人會在那裡等待。因為每天都會有人來，所以空地長不出草。

畫家每天都規律地起床，就算不規律也不會有人知道（二十初歲的他從書上讀到，自律很重要）。他的門口沒有信箱，他不收信，但是小木籬笆上架著一個小小的木平台，上面有一個大鈴鐺，沒有任何的字，每個客人都知道，日出後要等，等畫家屋頂的煙囪冒出白煙，然後再等，等畫家打開窗戶，飄出烤麵包或煎蛋的味道，再繼續等一會兒，才可以搖動那個鈴鐺。聽說，如果你日出就坐在那裡等，大約等一到兩個小時，就能見到畫家。人們來找畫家作畫，村長會熱心地協助本地或外地的客人排隊預約，一天一個客人，每一天每一天。

畫什麼呢，那是一張有點獵奇的作品，以大片橘紅、暗紅色系呈現，一個有著男人臉的人，以一個攀爬的姿勢單腳站立，胸前有著女性胸部，他（她）的左手直直地向上伸展，像要去抓或觸碰什麼，那條沿著手的直線穿過他的胸口，變成一個火山口，他（她）的右手握著火山口，火山口延伸出的火山在他身後展開，那可能也不是火山，而是一塊橘紅色的石頭，石頭底下有一些冰柱，包括他（她）的頭頂，在某一個界線內，也長滿了一樣的冰柱，那是冰柱嗎，也像是燃燒到一半忽然被凍結的火焰，而剛剛提到的他（她）的左手，他（她）的全身只有一整隻左手掌超出那個黑色界線之外，在界線之外，左手觸摸到的是一團團正在打雷的烏雲（也許是因為被觸碰才打雷）。

只有一個客人提出過問題：「這個人在掙脫自己的影子嗎？」

「是。」畫家說。從此，再也沒有人問過畫家關於那幅畫的問題。

彷彿每個人都懂那張畫的意思。慕名而來的人們，都是為了獲得一張

「掙脫自己的影子」的畫，好像獲得，就能夠掙脫自己的影子。

畫家忘了自己是什麼時候開始變得有名，當他回過神來，他已經無須擔心溫飽，每天只需要規律地畫畫。客人穩定、生活穩定，畫畫的技巧更是穩定。

2

畫家有時候會有一股強烈的責任感，認為自己必須精進畫技才對得起這些遠道而來的客人。這時候的他把每一天都當成新的一天，這邊的曲線要比昨天更滑順、這一塊的筆觸要比昨天更明顯、這裡的細節要比昨天更細緻。他期待有人會發現他的進步，不過每個客人都是新的客人，就算有重複來的客人，也看不出差異，人們開始享受「獲得名畫家的畫作」大於他的畫技、他畫裡的意義。畢竟除了唯一一個開口詢問的客人以外，沒有人再詢問過他畫裡的種種是什麼意思。似乎只要在這幅作品的範疇裡，他畫出來的任何一筆都會被愛著、被景仰和追隨。

當然，畫家有時候也會想要偷懶。有時候他會懶得多倒一點紅色的顏料，那麼他的畫面就會偏橘一些，若他不想時時刻刻都那麼全神貫注，那一幅顏色就沒有那麼飽和，也有時候，他看著客人無聊的臉，會調皮地加粗那黑色界線的寬度。起初他有點害怕被非議，不過也從來沒有人發現。

他的進步或停滯，沒有人在意。他開始分不清楚每天早上搖晃門口鈴鐺的客人，是為了什麼而來。那個好聽的鈴鐺聲，變成了日出的模樣，他開始分不清楚，昨天的日出與今天的日出有何不同。

3

有一天傍晚，畫家盯著小煎鍋裡的綠色野菜盯得出神，回過神時，野菜已經因為煮得太久而泛黃，他將野菜裝進盤子裡，並未倒掉。畫家有了新的想法。他決定明天要畫新的一幅畫，就以綠色為主。野菜的顏色變了，仍是他的晚餐，若他的畫變了，他也仍是一個（有名的）畫家吧。

睡前，畫家在白紙上寫了「今日謝絕見客」，黏在鈴鐺的把手上。這是他第一次休假。隔天他起得很早，他覺得今天是新的一天。站在客廳裡面（畫家的畫室就是客廳，他都忘了客廳原本的功能是什麼），他盯著自己的調色盤，通通只有能夠畫出紅色、橘色、黑色、白色的顏料，如果要畫出綠色，他必須去村子的另一端買藍色顏料（可能還要補一點黃色）。

他不知道自己該穿什麼，總是別人來見他，他總是穿得樸素。最後他還是穿得和今天之前的每一天一樣。他買了藍色顏料回家，混合出野菜的綠，他開心地攤開一張新的畫布，興奮地坐在畫板前。

一分鐘、兩分鐘，一個小時、兩個小時。畫家的畫布還是一片空白。他不知道自己該要用綠色畫出什麼，最後，他把沾著綠色顏料的畫筆洗乾淨，重新沾上紅色顏料，畫了一幅和今天之前的每一天一模一樣的畫，他的對面沒有坐著等待的客人，但是他控制不了自己的手。當他拿起畫筆，彷彿就得將這幅紅色的作品畫出來。

畫家將那張「今日謝絕見客」的紙揉成一團，丟到垃圾桶。

4

隔天，慕名而來的客人繼續坐在那塊小空地的椅子上等日出、等畫家的煙囪冒出白煙，和早餐的味道。畫家繼續畫著那幅讓他成名的作品，日復一日。而那塊空地仍長不出綠色的雜草。

他從來沒有告訴過任何人，那個畫裡的人其實是在「支配自己的影子」，他害怕這個作品的含義若與人們的想像不同，這個作品就不會再受歡迎。人們需要他，他也需要人們。沒有人會在乎，「支配自己的影子」是畫家對自己的期許。每個人都是各取所需。

村子的最尾端住著一個有名的畫家，他每天都需要做選擇——繼續畫跟昨天一樣的畫、或是有所改變。而他每天都選了同一個。他的一天，就是他的一生。

國家圖書館出版品預行編目資料

大概是時間在煮我吧 / 張西作 . --
臺北市 : 三采文化股份有限公司,
2022.02
面 ; 公分 . -- (愛寫 ; 54)
ISBN 978-957-658-740-5(平裝)

863.55 110021941

suncolor 三采文化集團

愛寫 54

大概是時間在煮我吧

作者|張西
副總編輯|鄭微宣 責任編輯|鄭微宣
美術主編|藍秀婷 封面設計|高郁雯
內頁設計|高郁雯 美術編輯|Claire Wei
專案經理|張育珊 行銷企劃|周傳雅

發行人|張輝明 總編輯|曾雅青 發行所|三采文化股份有限公司
地址|台北市內湖區瑞光路 513 巷 33 號 8 樓
傳訊|TEL:8797-1234 FAX:8797-1688 網址|www.suncolor.com.tw
郵政劃撥|帳號:14319060 戶名:三采文化股份有限公司
初版發行|2022 年 2 月 25 日 定價|NT$380
6 刷|2024 年 2 月 20 日